DEVIL'S DOOR

東山彰良

JN030117

集英社文庫

デビルズドア　目次

本書は、二〇一九年六月、書き下ろし単行本
として集英社より刊行されました。

DEVIL'S DOOR

デビルズドア

プロローグ

我が黒き聖書

石柱の陰に身を潜めて、依頼人のルイス・イダルゴ聴罪司祭《ちょうざいしさい》に目を走らせると、すでにそこらのワイン樽《だる》と同じように、全身穴だらけになっていた。その虚《うつ》ろな目には、もはやなにも映っていない。石畳の床にほとばしるワインが、司祭の血を洗い流していく。

こうなると分かっていたから、私は彼を帯同したくなかったのだ。ルイス・イダルゴは聞かなかった。処女をたぶらかしたという汚名を、どうしても己の手でそそぎたいと強く主張した。

私になにができるだろう。忠告はした。それでもなお、ついて来ると言い張るのなら、私にはどうすることもできない。

自由身分を獲得した私のようなフリー・マニピュレイテッドは、自分の寿命を縮めかねない命令を拒むことができる。

しかし、依頼人の決意を邪魔立てすることはできない。ルイス・イダルゴが危険を承知で、どうしても悪魔祓《あくまばら》いに同行すると言うのなら、私としては拒むことはできない。彼が縮めることになるのは彼自身の寿命であり、私のではないからだ。私たちの寿命と、彼の寿命は違う。私たちの寿命は、耐用年数と言い換えることができる。が、今はそんなことを考えている場合ではない。私は石壁に背を押しつけて、ピチャ、ピチャ、と迫りくる足音に耳を澄ませた。

ガブリエラ・デ・ラ・エレーラに取《と》り憑《つ》いていた夢魔《インキュバス》が、地下室の床を浸したワインを蹴散らしながら、ゆっくりと近づいてきていた。

「ロリンズ！」どう説明したらいいのか分からない低くて異様な声で、インキュバスが居丈高に呼ばわった。「出てこい、ユマ・ロリンズ！」

敢《あ》えて言うなら、獅子《しし》の咆哮《ほうこう》と、蠅《はえ》の翅音《はおと》と、ガラスをひっかく音が混じり合ったような声だ。私のイメージセンサーには、そのような音声サンプルのストックはない。

地下の酒蔵には、年代物のワイン樽が、幾列にもわたって棚に並んでいる。あちこちの樽から、血のように赤い酒が幾筋も噴出していた。ガブリエラ・デ・ラ・エレーラの家は、街でも有数の酒屋なのだ。

三カ月前、十六歳の彼女は夜中に突然苦しみだした。家の者たちが心配していると、ガブリエラは彼女の聴罪司祭、つまりルイス・イダルゴの名を切ない声で呼びながら、口にするのも憚《はばか》られるほど艶めかしく若い肉体をよじったという。

うら若い娘のふしだらなふるまいほど、家名に泥を塗るものはない。以来、ガブリエラはこの地下の酒蔵に閉じ込められ、家族はルイス・イダルゴの悪行を異端審問所に訴え出た。聴罪にかこつけて、生娘を手籠めにするような生臭司祭は、悪魔の手先に違いないからだ。

医師の見立てによれば、ガブリエラ・デ・ラ・エレーラはたしかにすでに処女ではなかった。しかし、彼女の小水を混ぜたデビルズ・カットでインキュバスをおびき出せたということは、少なくともガブリエラは人によって処女を奪われたわけではないことを意味する。

この一事をもってして、ルイス・イダルゴは身の潔白が証明されたも同然だ。なぜなら、彼は血と肉を持った、れっきとした人間なのだから。だからルイス・イダルゴは、私とアグリの悪魔狩りに同行する必要など、まったくなかったのだ。

そのアグリはといえば、私の外套《がいとう》のなかで、珍しくおとなしくしている。今のところは、という意味だが。

いずれにせよ、信者にふしだらな行為をしたとして、ルイス・イダルゴを職務濫用の廉《かど》で教会から追放する決定を下した自由都市サン・ハドクの異端審問委員会は、早晩その決定を取り下げることになるだろう。

だが、もう遅いのだ。いまさら名誉を回復してもらったところで、死人が生き返るわけではない。破壊された樽からあふれ出たワインが、倒れ伏した哀れな聴罪司祭の黒い法衣を濡らしていた。

「お前はオレをおびき出したと思ってるな、ロリンズ？」インキュバスの笑い声が地下室に谺《こだま》した。「違うぞ。このオレがお前をおびき出したんだ」

そうだろう。さもなければ、こいつが私の名を知るわけがない。

「あの女に取り憑けば」と、得意げに続けた。「そのうちお前が現れると思っていた」

「ずいぶん、やることが地味ですね」私は柱の陰から叫び返した。「ルキフェルの鎖を壊すために人間を一人一人堕落させるなんて、気が遠くなるような話だとは思いませんか」

「堕落は伝染する」やつはまた、ひとしきり笑った。「一人の女を堕落させれば、十人の男が堕落する。十人の男が堕落すれば、百人の女が堕落する。百人の女が堕落すれば、千人の男が堕落する」

「そして、お前たちの仲間はいたるところにいる、というわけですね」

「そのとおりだ」

私は斃《たお》れた司祭に目を走らせた。その体には、無数の黒い釘が突き刺さっている。

かく言う私も左の腕がもげ、右目をやられていた。

私は外套の上からアグリを揺さぶり、拳銃を握り締めて、柱の陰から飛び出す。

インキュバスが、サッと手洟《てばな》をかんだ。毛むくじゃらの黒い手で片方の鼻の孔《あな》をふさぎ、フンッ、と強く息を吐く。つぶれたその鼻孔から、釘が弾丸のように飛び出す。

が、その釘が捉えたのは私の残像だけで、破壊したのはワイン樽だけだった。

ガコンッ！ という音とともに、樽に新しい穴が開き、中身のワインが噴き出す。

私はインキュバスに向けて、銃弾を二発放った。一発は胸の真ん中に、もう一発は眉間に命中したが、いずれもやつにかすり傷ひとつ負わせられなかった。やはり、通常弾では歯が立たない。

樽棚の陰に飛び込む前に、ほんの一瞬ではあったが、初めてやつの全身を目の当たりにした。

さほど大きくないその体は、黒い毛にびっしりと覆われ、ネズミのような長い尻尾があった。顔は蝙蝠《こうもり》にそっくりで、違うところといえば双眸《そうぼう》が赤く、瞳孔が羊の目のように横に広がっていることだった。

つまり、こいつの視界は左右に広いが、上下はさほどでもない。

瞳の形は、ある程度その悪魔の類型を規定する。動物と同じだ。草食動物の左右に長い瞳孔は、視界を広げ、捕食者を発見しやすくする。逆に肉食獣の上下に長い瞳孔は、狭い範囲のなかで獲物の動きを的確に捉えるためだ。

「守備タイプだね」外套のボタンの隙間から、アグリが顔を覗《のぞ》かせた。「横に動くのは不利だよ」

「分かっています」

私は相棒を外套のなかにギュッと押し込み、飛び散るワインを浴びながら、樽棚にはさまれた通路を走った。

ハックション！

黒い釘が追いかけてくる。そのうちの一本に、またしても肩を刺し貫かれた。

「……ッ！」

やつが樽の上に跳び上がり、私は素早く樽棚の下に滑り込む。

盛大なくしゃみが、耳朶《じだ》を打つ。

フランスから取り寄せた高価なワイン樽が、木端微塵《こっぱみじん》になった。愛好家たちがこれを見たら、地団駄を踏んでくやしがるだろう。

案の定、インキュバスは私たちを見失ったようだった。こいつは釘を飛ばすしか能がない。樽の上を歩きまわるやつの荒い鼻息を聞きながら、私はそう断じた。つまり、下級の悪魔だ。

「アグリッパを渡せ、ロリンズ」

「ボクのことを言ってるよ……ちくしょう、呼び捨てにしやがって」

「必要なときは呼びますから」喧嘩腰で外套から出てこようとするアグリを、私はふたたび押し戻した。「おとなしくしててください」

天井からぶら下がった角灯《ランタン》が揺れるたびに、インキュバスの禍々《まがまが》しい影が伸びたり、縮んだりした。

「アグリッパはどこだ、ロリンズ？」インキュバスが呼ばわる。「お前はマニピュレイテッドだろ？　マニーのお前があんなものを持ってたってしようがあるまい」

「あんなろくでもない本はもう燃やしてしまいましたよ」

私がそう切り返すと、懐のなかでアグリが腹を立てて暴れた。なにかわめいたようだが、よく聞き取れない。だから、外套の胸を少しだけ開いてやった。

「いつまで遊んでるんだよ、ユマ」アグリが顔を出して文句を言った。「あんな雑魚、さっさとやっちまいなよ。今日はシオリが新曲を歌うんだよ。早くうちに帰ってテレビを観ないと」

アグリの声をかき消したのは、空気を吸い込むような音だった。

私がアグリを懐に押し込むのと、インキュバスがまたくしゃみをするのと、ほとんど同時だった。


ハックション！

その拍子に、やつの口から鼻から、黒い釘が四方八方に飛び出す。釘は先ほどまで私が身を隠していた石柱を削り取り、丸天井に突き刺さり、すでに蜂の巣のイダルゴ司祭をもっと穴だらけにした。

もちろん、私の上にうずたかく積まれた樽をも破壊したので、私とアグリは全身にワインをたっぷり浴びてしまった。

「あいつ、もう許せない！」アグリがわめいた。「紙のボクをこんなに濡らすなんて……ユマ、さっさとボクをやつに渡すか、やつに名前をつけろったら！」

「しようがないですね」

アグリが怒っている。もたもたしていると、どんなとばっちりを受けるか知れたものではない。

「もう少しあの夢魔を観察したかったのですが」

胸のホルスターからリボルバーを引き抜くと、私は弾倉《ドラム》をふり出して残弾を確認した。

残り二発。

もう撃ち損じは許されない。

そのあいだにも、インキュバスは樽棚の上を跳ねまわって、私とアグリを探している。

私が弾倉を銃身にふり戻す、ガチャッ、という音に、インキュバスが反応した。

ハア――ハア……

やつが何度か、短く息を吸い込む。

ハックション！

その口と鼻から釘が乱射された直後、私は壁を蹴って樽棚の下から滑り出た。樽の上に立つインキュバスが、サッと手演を飛ばしてくる。

私は顔を逸《そ》らし、わずか一インチのところで釘をかわす。黒い釘は、石の床に、頭まで埋まった。

「汝《なんじ》の名はスニーズである」私は言った。

インキュバスがニヤリと笑った。

私が拳銃をやつの顔に向け、引き金を引き絞ったときにも、まだ笑っていた。だから、他の悪魔たちと同じように、やつもアグリの能力のことをなにも知らないのだと分かった。

銃声が轟《とどろ》き、銃弾がスニーズの頭を半分ほど吹き飛ばした。そのときになってようやく、やつは残った片目をパチクリさせた。人間の銃弾に身を削られたことが、信じられないようだった。

やつはよろめき、樽棚から仰向《あおむ》けにドサリと落ちた。

「油断しましたね」私は立ち上がり、スニーズを見下ろした。「私がお前の名を知らないと、高をくくっていたのでしょう？」

「オレたちを殺すことはできん」やつが言った。「お前たちにできることは、せいぜいオレたちを追い払うことくらいだ……いいか、ロリンズ、オレは戻ってくるぞ。必ず戻ってきて、お前を破滅させてやる」

スニーズは喉の奥でグルルと低くうめき、大きく息を吸い込む。

やつがくしゃみをする前に、私は最後の一発をその口に撃ち込んでやった。銃声が轟き、夢魔の頭が跳ね上がった。

それでもまだ、赤い目で睨《にら》みつけてくる。胸が大きく波打ち、銃弾に引き裂かれた口から悪臭を放つ液体を嘔吐《おうと》したが、そのなかには黒い釘がいくつか紛れ込んでいた。

名もなき下級の悪魔を退治するときは、その名を呼べば、体に傷を負わせることができる。しかし、やつの名は「スニーズ」ではない。それは、私がとっさにつけた名前にすぎない。せめてもの慈悲に、私はスニーズの無言の問いに答えてやることにした。

「たしかに、私はお前の本当の名を知りません」懐からアグリを取り出す。「しかし、私の相棒はお前に新しい名前をつけることができるんです」

スニーズが目を剝《む》く。

「こんなに小さな本だとは思わなかったでしょう?」私はアグリをかざした。「これがお前たちが探しているアグリッパです」

「ボクたちにはお前を殺せないだって?」アグリは心底楽しそうに、ケッケッケッ、と笑った。「でもね、お前みたいな弱虫はボクの大好物なんだよね」

このとき初めて、スニーズの赤い目が、後悔と恐怖に支配された。

私はアグリを開き、それをスニーズに向けた。黒く塗りつぶされたそのページでは、すでにアグリが牙の生えた口を大きく開けて待っていた。

「我が黒き聖書の血肉となれ」

ゴウッと旋風が巻き起こり、目を見開いたインキュバスがアグリの口へと吸い込まれていく。アグリは舌なめずりをし、悪魔の体を無慈悲に嚙《か》み砕《くだ》いた。

スニーズのほうは口を吹き飛ばされているので、泣くこともわめくことも、もちろん文句を言うこともできない。

アグリは「いただきます」に相当する言葉を、七カ国語で叫んだ。しばらく一心不乱にバリバリ、ボリボリと貪り食っていたが、やがて悪魔のような野太いゲップをして、それでおしまいだった。

ガブリエラ・デ・ラ・エレーラの純潔を奪い、ルイス・イダルゴ聴罪司祭にその罪を着せた夢魔は、こうして我が黒き相棒の腹に収まり、アグリッパの体に「スニーズ」のページが新たに書き加えられたのだった。

01 操作されざる者

ガブリエラ・デ・ラ・エレーラの父親であるドン・ファアレスが私の手を取っておいおい泣き、母親のドニャ・ファアレスは私にキスの嵐を浴びせ、祖母のドニャ・マルガリータは私の首にロザリオをかけ、二人の兄たちはかわるがわる私を抱擁したので、ファアレス邸を辞去するのにえらく時間がかかってしまった。

「マエストロ」恰幅《かっぷく》のよいドン・ファアレスは、私のことをそのように呼んだ。「それで娘は……ガブリエラは、その……まだ生娘と言えるのでしょうか？」

「もちろんです」私は請け合った。「夢魔は取り憑いた相手の夢のなかに現れて、誘惑します。ガブリエラは夢のなかで夢魔とまぐわいました。それが彼女の肉体にも影響をおよぼしたのはたしかですが、この現世《うつしよ》ではガブリエラはれっきとした処女ですよ」

私としては早くちぎれた腕の修繕をしたかったが、二人の兄たちにかわるがわる詳細な説明を求められ、応じないわけにはいかなかった。

「夢魔を夢のなかからおびき出すのに、私たちは悪魔の分け前《デビルズ・カット》を用います。デビルズ・カットは悪魔の好物で、ウィスキーに処女の小水を混ぜたものです。処女の小水でなければ、やつらは洟もひっかけません」

ファアレス家の人々がどよめき、口々に祈りの言葉を唱えた。

「つまり」と、私は続けた。「ガブリエラの小水を混ぜたデビルズ・カットで夢魔をおびき出せたということは、ガブリエラは紛うことなき処女だということになります」

ドン・ファアレスはまた私の手を取っておいおい泣き、ドニャ・ファアレスはまたひとしきり私にキスを浴びせ、二人の兄たちはガブリエラの小水を所望したときに私をぶん殴ったことを心から詫《わ》び、祖母は何度も胸の前で十字を切ったのだった。


ほうほうの体《てい》でフォード・マスタング・コブラに乗り込んだ私は、まずアグリを助手席に放り出した。

ルームミラーで自分の顔をあらためると、金色だったはずの私の人工毛髪は、ワインをたっぷり浴びたせいで、赤黒く染まっていた。

黒いスーツはズタボロで、ネクタイもちぎれている。

アグリは、早く車を出せ、家に帰ってテレビを観るんだと騒いだが、その前にやらねばならないことがいくつかある。

人間ならばこういうとき、煙草《たばこ》でも一服するのだろうが、煙やニコチンは私の電子回路にとって大敵である。

私はまず、ちぎれた左腕の放電を止めた。火花を散らすコードを絶縁体クリップではさむだけの、簡単な処置だ。

それから、バッテリーの残量を確認した。たいした敵ではなかったものの、それでも視界に呼び出した電力帯《パワーレンジ》によれば、使える電力はすでに二十パーセントを切っていた。

イグニションにキーを挿し込み、エンジンをかけると、私は片手でステアリングをさばきながら、黒いマスタングを出した。

「ちょっと、ちょっと、ちょっと！」

無視して、アクセルペダルを踏み込む。エンジンが、獣のような咆哮をあげた。

「そっちじゃないよね？」裏表紙をバタつかせて、アグリが抗議した。「うちに帰ってテレビを観るんじゃないの？」

「テレビなら、レイモンドのところにもあります」

「冗談だろ⁉」アグリがわめいた。「あんなやかましいところで、シオリの歌を聴けっての？　今夜は新曲をやるんだよ？」

「前から一度訊《き》きたかったんですが」私はチラリと相棒に目を走らせた。「あなたはもう何千年も生きているんですよね？」

アグリが用心深く口をつぐむ。

「そんなあなたを、これほどまでに夢中にさせるものが、まだこの世にあるんですか？」

「ユマはなんにも分かってないなあ」そう言って、アグリは鼻で笑った。「人間ってのはね、楽しみながら堕落していくものなんだよ。ボクがどうしてルキフェルを嫌いになったか、分かる？」

「いいえ」

「ルキフェルたちは人間を破滅させようとする。でも、ボクは違う。破滅なんて、醜いよ。ボクが見たいのは、堕落していく人間の姿さ。なぜなら――」

「堕落は美しい」私はかぶせた。「ですよね？」

「そのとおり」アグリは満足げに続けた。「人間を堕落させるには、人間を楽しませなくちゃならない。それにはまず、このボクが楽しまなくちゃならない。デズモンド・ロリンズは、そこのところがちゃんと分かっていた。あぁあ、デズモンドはいいやつだったなあ！　今頃は地獄でイジメられてるだろうけど、少なくとも人生をめいっぱい楽しんだもんね。分かるかい、ユマ？　それが人間とマニーの違いだよ」

マニーは「操作されし者《マニピュレイテッド》」の差別用語だが、アグリの口が悪いのはいつものことなので、聞き流すようにしている。

「ルールは破るためにあるし、魂は堕落するためにある。人間には堕落できる魂があるけど、マニーにはそれがない。だからお前にはシオリの歌も理解できないし、ずーっと退屈なマニーのままなんだ。デズモンドの爪の垢《あか》でも煎じて飲ませてやりたいね」

デズモンド・ロリンズ。

マニピュレイテッドの電子頭脳回路を作る上で欠かせないレアメタルを牛耳っていた、大富豪にして作家、無類の拳闘好きにして法律家でもあった。

国際連合で提唱されたＡＩ平等法の起草者の一人でもある。マニピュレイテッドに向けられる憎悪ほど愚かしいものはない、とデズモンド・ロリンズは国連で演説をした。彼らは我々の似姿であり、人間と同程度の自由は保障されてしかるべきである、と。この法律によって、マニピュレイテッドは主《あるじ》の死後に遺産として贈与することが禁じられ、私のように多くのマニピュレイテッドが自由になった。

そう、デズモンド・ロリンズは私のかつての主で、私の名は彼が付けた。彼がいなければ、いかに見た目が人間と同じでも、私たちが自由都市で人間と同等の権利を享受できる日など、来ることもなかっただろう。

私のようなマニピュレイテッドには理解に苦しむことだが、どんな人間にも裏の顔がある。デズモンド・ロリンズの裏の顔は、悪魔崇拝者だったことだ。彼は莫大な財産に飽かせて、伝説のアグリッパを探し求めた。

アグリッパ――十六世紀の哲学者にして悪魔崇拝者の、ハインリヒ・コルネリウス・アグリッパ・フォン・ネッテスハイムが悪魔より賜ったとされる書物だ。古代の密儀や、悪魔を呼び出す呪文が記されており、ネッテスハイムはこの本を通じて悪魔の研究を行っていた。

デズモンド・ロリンズは、絶え間ない探求と悪魔的執念で、オスカー・ワイルドがアグリッパを所有していたことを突き止めた。

『幸福な王子』で知られるこの十九世紀の作家が、『ドリアン・グレイの肖像』という小説を発表したのは、一八九〇年のことである。

美貌の青年ドリアン・グレイは、絵のモデルを生業《なりわい》としていた。友人であるヘンリー・ウォットン卿《きよう》にそそのかされて堕落してゆくドリアンは、美貌を失うことを激しく恐れるようになる。自分のかわりに絵のほうが老いればいいと願い、それが実現する。ドリアンが快楽に溺れ、悪徳に耽《ふけ》るたびに、彼の肖像画は、彼のかわりに醜くなってゆく。やがて、ドリアンはその絵が人目に触れることを恐れだす。なぜなら、その醜い肖像画こそが、自分の魂なのだから。

そこで彼は、肖像画をナイフで突き刺す。

しかし、絶命したのは、ドリアン自身だ。のちに警察に発見されたドリアン・グレイの死体は、しなびて胸の悪くなるような姿に変わり果てていた。一方、彼の肖像画は、輝くばかりの彼の美しさを永遠に刻みつけていた。

ドリアン・グレイを堕落させたヘンリー・ウォットン卿のモデルが、アグリッパだったのである。アグリ自身も、そのことは認めている。つまんない小説さ、と言っていた。堕落の美学を文学に閉じ込めようだなんて……人知れず儚《はかな》く消え去る、それこそが堕落の美しさじゃないか。

ちなみに、オスカー・ワイルドもいい死に方はしなかった。破産、逮捕、投獄、異郷での客死。アグリと関わって、無事で済むはずがない。

車を走らせながら、私は助手席をうかがう。

アグリは明らかにむくれていた。その証拠に、閉じたページのあいだから、赤い炎がちょろちょろ漏れ出ている。

アグリ、と私は呼びかけた。「あなたの本当の名はなんですか？」

「はあ？」彼は彼の炎を使って、私に中指を突き立ててきた。「そんなの、教えるわけないじゃん。バカじゃないの？」

「すみません」私は前方の道路に目を戻した。「ちょっと訊いてみただけです。他意はありません」

私とスニーズが戦っているあいだにひと雨あったようで、アスファルトは黒く濡れ光り、滲《にじ》んだ街灯やネオンの明かりが落ちていた。

自由都市サン・ハドクにはメインストリートが二本あり、それが十字の形に交差している。南北へ縦断する道路がイグアルダード《平等》通り、東西へ走るのがリベルタード《自由》通りだ。

私は、リベルタード通りを東へと車を走らせた。

デズモンド・ロリンズがこの地に移り住んだのは、彼がＡＩ平等法を提唱していたためだ。彼は街のインフラを整備し、企業を誘致し、経済の活性化を図った。それ以前のサン・ハドクには、マニピュレイテッドの廃棄場しかなかった。

象徴的ではないか、とデズモンド・ロリンズは記者会見で言っていた。マニピュレイテッドの廃棄場だった場所に、マニピュレイテッドたちが自由に暮らせる街を創るなんて。

しかし、それもまた、表向きの理由だった。デズモンド・ロリンズはアグリッパを読み解き、サン・ハドクが悪魔の通り道であることを突き止めたのだ。

平等と自由が交差するこの街のどこかに、地獄へと通じる扉がある。その扉を開くことができれば、ルキフェルと取り引きすることができるかもしれない。

デズモンド・ロリンズは神を憎んでいた。

彼が十五歳のときに、母親が神父に犯されたからだ。母親のセイラ・ロリンズはそのせいで気が触れ、デズモンド・ロリンズは母親が死ぬまで、ずっと面倒を見ていた。

母親の親族からは絶縁され、母子、二人きりだった。父親は彼が生まれる前に、行方知れずになっていた。人伝《ひとづて》に聞いた話では、父親はアメリカ人のギャンブラーだったそうだ。

以後、セイラ・ロリンズは教会には決して近寄らず、神父どころか、神父のように見える男を見かけただけで怯《おび》え、金切り声をあげて一目散に逃げ出した。

迂闊《うかつ》にも道路に飛び出して車に轢《ひ》かれたときも、そのようにして発作的に駆け出したのだった。

デズモンド・ロリンズは神を崇拝する人間たちよりも、私たちマニピュレイテッドを愛した。私の名の「Uma《ユマ》」は、彼の造語「Unmanipulated」、つまり「操作されざる者」を縮めたものだ。

ユマ・ロリンズ。

それが、私だ。私は主を失ったフリー・マニピュレイテッドで、主より受け継いだアグリッパとともに、導きの悪魔を探し求めている。

ルキフェルへと続く扉を開けてくれる悪魔を。

　我らと取り引きを望む者は、魂を差し出せ
　我らはその魂を、魂なき者たちへ与えよう

アグリッパに記されたこの一節は、悪魔たちは神によって奪われた魂のかわりに人間の魂を求めているのだ、と長らく解釈されてきた。

しかし、デズモンド・ロリンズの解釈は違っていた。彼はルキフェルと首尾よく取り引きができれば、私たちマニピュレイテッドに魂を吹き込むことができると信じていた。

デズモンド・ロリンズは人間よりましな支配者を、この世に送り出そうとした。そのために悪魔が混沌《こんとん》を求めるなら、それに応じるつもりでいた。彼は世界各地のテロリストや核爆弾保有国を、秘かに援助していた。

「言っとくけど」アグリが、おもむろに言った。「ボクの名前を突き止めようなんて、下手な考えは起こさないほうがいいよ」

「分かっています」

「さもないと、デズモンドを溶かしたみたいに、お前のことも溶かしちゃうぞ」

悪魔は混沌を好む——というのは、じつは正しくない。

正しくは、悪魔が好むのは人間界の混沌だけで、悪魔たちの棲《す》まう地獄は、天界以上に厳格な秩序が保たれている。

これは、ちっとも不思議ではない。

天界のように善意に満ちあふれている場所より、地獄のように悪意に満ちあふれている場所のほうが、統率するのが遥《はる》かに難しいのだから。

だから、地獄を支配しているのは、軍隊並の規律だ。ルキフェルを頂点とし、その下にベルゼブル、ベリアル、アガリアレプト、マモン、バフォメット、サタナキアという将軍たちがおり、この六将軍が八《や》百《お》万《よろず》の悪魔軍団を束ねている。

悪魔にとって、名前を知られることは、失敗を意味する。なぜなら、人間は名前をとおして、世界を認識しているからだ。

つまり、名前がバレた瞬間、悪魔は人間界の秩序に組み込まれてしまう。人間を支配する物理学に縛られる。そうなると、もう二度と地獄へ還《かえ》ることは叶《かな》わない。

ちなみに、サタンとはルキフェルの別名だ。ルキフェルもまた、成功こそしなかったものの、本当の名前を隠す努力をしていた。

悪魔にとって名前とは、それほどまでに大事なものなのだ。

デズモンド・ロリンズは、アグリの本名を突き止めようとして、私の目の前で溶かされた。今でもそのときの光景が、私のメモリに残っている。

彼は爪先から溶けていった。脚が溶け、胴が溶け、頭をかきむしる腕が溶け、頭が溶け、最後には魂まで溶かされて、ヘドのような水溜りになってしまった。

02

黒い花たち

街外れにある、レイモンドの工房の敷地に、私はマスタングを流し込んだ。

寂れた街灯と、破れたフェンスの他には、うらぶれたバーがあるだけの界隈《かいわい》だ。かつては、用済みになったマニピュレイテッドを溶かすための溶鉱炉があった。

落書きだらけのシャッターが下りていたが、工房のなかからは旋盤の回転音が漏れ聞こえていた。

私はシャッターの横に切ってある低い戸をかいくぐって、明るい工房に足を踏み入れた。

どっしりした作業台でなにかを削っていたレイモンドが顔を上げ、ついでにゴーグルも外してニカッと笑った。

「よう、マニー」と声をかけてくる。「こりゃまた、ずいぶん派手にやり合ったな」

これが、私たち流の挨拶だ。

私としては、オウム返しに「よう、マニー」と応じるしかない。「少し意表を突かれただけですよ」

私たちを「マニー」と呼ぶ人間は多い。そういう人間は、たいてい私たちをとても低く見下している。

レイモンドは違う。

赤ん坊の頃、じつの親に捨てられたレイモンド・ホーは、フリー・マニピュレイテッドに育てられた。育児用にプログラミングされていたそのマニピュレイテッドは、とある託児所が閉園になった際に、自由身分を獲得したということだった。

ある日、レイモンドを連れて散歩しているところを、近所の犬に襲われた。レイモンドに飛びかかってきたその犬を、育児用マニピュレイテッドはとっさにふり払った。

犬は吹き飛び、首の骨を折って死んだ。

人、もしくは生物に傷を負わせた廉で、そのマニピュレイテッドはしかるべき裁きを受けることになった。

具体的には、溶鉱炉送りとなった。

以来、レイモンドは自分が人間であることを恥じている。彼が私を「マニー」と呼ぶのは、いわばそれが仲間同士の符丁《ふちょう》で、親愛のしるしなのだ。

私とレイモンドをつないだのは、「ルーレット」という名の悪魔だった。

ところで、人間にあって、私たちにないもののひとつが、射幸心だ。私たちマニピュレイテッドは確率論で動くが、人間はそうではない。確率論などそっちのけで、絶対に勝てない勝負に、無謀にも立ち向かっていく。

レイモンドは、そこを悪魔につけ込まれた。

そのせいで、重度のギャンブル依存症に陥《おちい》った。もともと腕のいいメカニックだったが、給料をすべて一瞬でスッてしまうので、家族を失った。金を借りられるところからは見境なく借り、それも一瞬でスッた。泥棒をするようになったが、盗品を換金すると、それもまたスッた。

とにかく、スッて、スッて、スリまくった。

ギャンブルをしているときだけ、苦しみや悲しみを忘れることができた。スレばスルほど、高揚した。たまに勝てば、勝ったぶんもスッてしまった。

彼は家を手放し、車を手放し、履いている靴を売ってまでギャンブルをしたので、寒い冬でも裸足《はだし》だった。

そしてとうとう、自分の命しか担保がなくなってしまった。つまり、ヤバイ筋に追われるようになった。どれくらいヤバイかと言うと、人の臓器をバラ売りするようなヤバイやつらだった。

私はレイモンドを助けたりしなかった。なぜなら、レイモンドに落とし前をつけさせようとしていたヤバイ連中のボスは、デズモンド・ロリンズだったからである。

手下たちはレイモンドを捕え、たっぷり痛めつけてから、デズモンド・ロリンズの前に引っ立ててきた。

そのとき、私は主《あるじ》のそばに控えていた。

デズモンド・ロリンズはちょうど風呂上がりで、キャメル色のガウンを羽織っていた。髪は濡れたままで、手にブランデーグラスを持っていた。

私の主は、まるで虫ケラを見るような目でレイモンドを見下ろし、手下たちに頷《うなず》いた。すると、手下たちも頷き返した。

それで、レイモンドの運命はあらかた決まった。

待ったをかけたのは、アグリだった。

「その人には憑いてるかもしれないよ」

しゃべる本を見て、レイモンドは腰を抜かした。それは、手下たちも同じだった。本がしゃべれば、誰だって似たり寄ったりの反応をする。

デズモンド・ロリンズはブランデーをすすり、どっしりしたマホガニーの机の抽斗《ひきだし》から、拳銃を取り出した。

レイモンドは身も世もないほど泣きわめき、泣いても無駄だと分かると、今度は神と人間を罵《ののし》りだした。

デズモンド・ロリンズはやれやれという感じで銃口を持ち上げ、そして撃った。ただし、私の主が撃ったのはレイモンド・ホーではなく、二人の手下だった。

レイモンドは銃声に跳び上がり、倒れ伏した手下たちを見て、目を白黒させた。

「アグリのことを知られたからには、致し方ない」デズモンド・ロリンズは彼に微笑《ほほえ》みかけた。「悪魔が憑いているなら、話は違ってくる。しかし、アグリのことを口外すれば――」

あとは、言わずもがなだ。レイモンドは天地神明、そして母親代わりだったマニピュレイテッドの名にかけて、決して誰にも言わないと誓った。

デズモンド・ロリンズはやさしくレイモンドの肩を叩《たた》き、それから、私に顔をふり向けた。

「ユマ、死体を片付けてくれ」

私は頷いた。

「レイモンドに憑いているやつの正体を突き止めろ」

私は頷いた。

「お前の初仕事だ、ユマ」デズモンド・ロリンズが言った。「いいか、どんなに取るに足りない悪魔でも、ないがしろにするな。そいつが、ルキフェルへと続く扉の在《あ》り処《か》を知っているかもしれん」

私とアグリは、主が用意してくれたデビルズ・カットで、レイモンドに憑いていた悪魔を誘い出し、首尾よく退治した。

それは最下級に属する悪魔で、もちろん導きの悪魔などではなかったが、私はいろんなことを学んだ。

アグリに悪魔の名前を変更できる能力があると知ったのも、そのときだった。初めて捕えたその悪魔を、私は「ルーレット」と名付けた。

今から、五年ほど前のことである。


「レイモンド！　レイモンド！」

そのアグリが興奮してピョンピョン跳ねるので、アグリを持っている私の手も自然と跳び上がった。

「早く5チャンネルをつけて！　早く！　早く！」

「よう、兄弟」レイモンドは両手を広げた。「なにを焦ってるんだ？　まるで悪魔にでも追われてるみたいじゃないか」

自分のジョークに、彼はクックックッと笑った。

「いいから、早くつけてよ！　溶かすぞ、この博打狂《ばくち》い！」

レイモンドは肩をすくめ、リモコンでアグリの要求に応じてやった。テレビがつくと、ちょうどシオリのステージが始まるところだった。

アグリが「ヒュウ、ヒュウ！」と叫び、レイモンドが私に顔をふり向けてくる。首を横にふるくらいしか、私にできることはなかった。

「知ってるか、兄弟？」レイモンドが吐き捨てるように言った。「その女は差別主義者なんだぜ」

「それがどうした」アグリがやり返す。「シオリの両親はマニーに殺されたんだ」

「国境を越えようとして、監視マニーに見つかったんだっけか？」

「そのとき、シオリはまだ五歳だった。彼女は、両親がマニーのレーザーに焼き殺されるのを見ていた。だから、彼女の歌は悲しく魂に届くんだ」アグリは声を張った。「ああ、堕落させるなら、こういう女がいいなあ！」

レイモンドは舌打ちをし、私に向き直った。「なあ、ユマ。人間に殺されるのと、マニーに殺されるのと、どっちが理不尽だと思う？」

「理不尽という感情が理解できません」

私の答えに、レイモンドは少し傷ついたようだった。どんなに自分のことをマニピュレイテッドだと思い込もうとしても、彼はやはり人間なのだ。

「しかし」と、私は続けた。「どうやら人は、人よりもマニピュレイテッドを憎むほうが容易のようです」

「だけど、そのマニーを造ったのは、人間なんだぜ」

「私は私のメモリにある情報からそう演繹《えんえき》しただけです。間違っていますか？」

少し考えてから、レイモンドはかぶりをふった。

「いいや、間違ってないと思う」

アグリをテレビの前に置き、私たちはしばらく画面のなかの歌姫を眺めた。シオリはそれほど大柄ではないように見えた。長い黒髪をキツく編み込んだ、いわゆるブレイデッドヘアーと呼ばれる髪型をしていた。あまり道徳的とは言えない短いスカートに、膝まで隠れる長いブーツを履いている。

新曲は『ブラック・フラワーズ』というタイトルで、マイナーコードを基調とした、人間ならば「悲しい」と表現するようなピアノ曲だった。女の子の体のなかに咲いた黒い花が、悲しみを吸い上げてどんどん大きくなり、やがて女の子が一輪の花になってしまう、という歌詞だった。

わたしの目に映る黒い花たち
それはわたしの魂に根を下ろし
わたしのために咲き誇る

テレビに食らいついているアグリは放っておいて、私はちぎれた左腕をレイモンドに診てもらった。

「すぐに直りますか？」

「運のいいマニーめ」ゴーグルをかけ直しながら、レイモンドが言った。「ちょうど今日、新鮮なのが一体入ったばかりだぜ」

どういうルートかは分からないが、レイモンドは溶鉱炉送りになる廃棄マニピュレイテッドを入手できる。

たいていは故障したり、不具合が出たりして廃棄されるのだが、その夜のは胸に穴が三つ開いていた。

「襲われたのですね」

私がそう言ったのは、その三つの穴が、銃弾の射入口だったからだ。

その男性型マニピュレイテッドの胸の配電盤を、レイモンドがバールでこじ開けた。三発の銃弾は、一発がリチウムイオンバッテリーを穿《うが》ち、一発がニューラルネットワークの基板を砕き、もう一発が人間で言うところの脳にあたるイメージセンサーを破壊していた。

つまり、そのマニピュレイテッドは完全に、死んでいた。

弾丸は、別名「マニー殺し」と呼ばれているホローポイント電磁弾のようだった。標的にヒットした瞬間に弾頭がつぶれ、電磁波を発生させてマニピュレイテッドの回路を狂わせる。

「お前の言うとおりさ、ユマ」レイモンドがやるせなさそうに言った。「人を憎むかわりに、オレたちはマニーを憎むんだ」

テレビにかじりついているアグリは、歌姫の声に合わせて、歌っていた。

あなたの胸に咲く黒い花たち
それはあなたの悲しみを汲《く》み上げ
あなたのために咲き誇る

私は、もう一度、死んだマニピュレイテッドの内部を覗き込んだ。

その体にめり込んだ三発の弾丸は、どれも弾頭がつぶれ、まるで死を司《つかさど》る黒い花たちのようだった。

03

魂のかたち

レイモンド・ホーにつけてもらった新しい左腕は、機能的にも、見た目的にも、素晴らしい仕上がりだった。

私は屋敷の地下にある射撃レンジで、無軌道に動く標的を相手に、左手の動作を確認した。

一秒に、三発の弾丸を撃つ。

それを五回ほど繰り返したが、弾はすべて私の狙いどおりのところに、精確に穴を穿っていた。

「マニーはあらゆる面で人間より上だけど」と、アグリは言った。「一番いいのは、体のパーツを取り換えられるところだね」

地下室から階上《うえ》へ上がると、私はアグリにテレビを観せておいて、広大な庭の手入れに取りかかった。

デズモンド・ロリンズの屋敷は、今や遺言によって私が受け継いでいるが、屋敷を維持するために必要な仕事は、主《あるじ》がいた頃となにも変わらない。

私は植木ばさみで樹木を剪定《せんてい》し、咲き誇る花壇の薔薇《ばら》に水をやり、芝生を短く刈りそろえた。薔薇のまわりでは、蜜蜂が忙《せわ》しなく飛びまわっていた。初夏のまぶしい陽光が、芝生に降り注いでいた。小鳥たちは天高く囀《さえず》り、樹々の梢《こずえ》ではリスたちが戯《たわむ》れていた。

庭仕事を終えると、サンルームで読書をした。

五百ページくらいの本なら、十分ほどですべてイメージセンサーに読み込むことができる。

私はあらゆる本を読む。

幸いにして、デズモンド・ロリンズの書庫には、私が必要とする書物が無尽蔵に眠っている。彼の蒐《しゅうしゅう》集した古今東西の名著奇書が、螺旋階段に沿って、壁一面に曲線を描いて並んでいる。

私はスキャンしたテキストを、時間をかけて分析、解析する。文学、経済学、法律学、政治学、軍事学、歴史書――万巻の書物のなかに、ルキフェルへとつながる手掛かりを探す。

が、詩だけは読まない。

詩は、いつも私を混乱させる。そこにあるのは論理ではなく、剝き出しの感情だけだ。しかも、詩の厄介なところは、それだけではない。

不思議なことに、私のイメージセンサーは折に触れ、私には到底理解できない詩に立ち返ってゆくのだ。

たとえば、アルフレッド・テニスンはこう書いている。

私の息子が烈火の中にいるというのに、私の救済など何の意味があるというのか？

まったく理解に苦しむ。

あなたの息子が烈火のなかにいるのは、彼がそれ相応のことをやらかしたからだ。たとえあなたが救済されなくとも、それで息子の罪まで減ぜられるわけではない。だとしたら、あなたが息子に付き合って烈火に焼かれることに、いったいどんな意味があるというのか？

また、フランシスコ・ゴメス・デ・ケベード・イ・サンティバーニェス・ビジェーガスの『地獄の夢』には、次のような一節がある。

理性、教養、分別がいくらあっても、それが誤って用いられればどんなことになるか、見るがいい！　それらに富んだ男が、後悔のあまり一人で泣くのを見れば、彼が魂のなかに地獄を宿していたことが分かる。

これこそ、自家撞着《じかどうちゃく》ではないか。

そもそも分別があれば、道を踏み誤ることはない。だとしたら、彼には後悔することなどなにもない。つまり、彼の魂に地獄が宿ることなど、金輪際あり得ないのだ。あらゆる意味で、この詩は正しくない。堂々と憂いなく見える者の魂より、一人で泣いている者の魂のほうが、より地獄を宿しやすいということはない。

悪魔の好奇心を、あなどってはならない。

彼らはあなたに分別があろうとなかろうと、あなたが笑っていようと泣いていようと、あなたの心に宿る。むしろ分別ある者、笑っている者を堕落させることに、彼らは無上の喜びを感じる。

日暮れまで読書をしたあとは、もし仕事の依頼がなければ、そのまま節電モードに入る。

私には、もはや世話をすべき主はおらず、美食や飲酒といった人間のたしなみとも無縁だ。寒さ、暑さを感じることもないので、火の入っていない暖炉のそばに、朝まで腰かけている。

夜の物音に、静かに耳を澄ませる。庭に飛来したフクロウの声、葉擦れの音、どこか遠くを走り抜けていくサイレン、アグリがこの世の終わりまで観ていられる歌番組、銃声、死の足音……

今夜も、平和だ。

夢——のようなものを、見ることもある。それは、昼間に蓄積された情報をイメージセンサーが処理する過程で起こる混乱、放電の悪戯《いたずら》だ。

夢のなかで、私は魂を得る。

魂を得た感覚を、私は上手《うま》くイメージできないし、それが良いことなのかどうかも分からない。

夢のなかで、私は扉を開く。

扉の向こう側でなにが待ち受けているのか、私には分からない。私は扉を開けてもいいし、開けなくてもいい。

それでも、私は迷わずに扉を押し開ける。私はそういう夢を見る。それが、私の思い描く魂のかたちだ。

私たちマニピュレイテッドは深層学習《ディープラーニング》によって、モデルとなる人間を模倣するようにできている。膨大な情報を処理して、その人間の考え方や欲望や立ち居ふるまいを解析し、学び、自分と同化させる。

私のモデルは、デズモンド・ロリンズだ。

マニピュレイテッドに魂を吹き込むのが、彼の念願だった。そのために、我が主はルキフェルとの取り引きを望んでいた。

デズモンド・ロリンズの欲望はすなわち、私の欲望でもある。だから私は日が昇ればまた庭仕事をし、それからまた本を読む。

04 狂人と骨

私の新しい左腕の様子を見がてらふらりと訪ねて来たレイモンド・ホーが言うには、あの晩——シオリが新曲を披露した晩から、マニピュレイテッドが立て続けに殺されているらしい。

「一週間で五人」レイモンドは眉間に深いしわを刻んでいた。「あれからほぼ毎日、マニーが殺されてんだ」

「それがシオリの歌のせいだってこと？」アグリがうっとりしたように言った。「やっぱり彼女の声には、人の魂を震わせるものがあったんだねえ！」

「当局は、あの歌にサブリミナル的な小細工がしてあるんじゃねェかって調査を始めたらしいぜ」

「そんなの、あるわけないよ」アグリが断じた。「彼女の歌にこめられてるのは、マニーに対する憎しみだけさ」

「じゃあ、お前はこのままあんな歌を垂れ流しててもいいと思ってんのかよ？」

「なんで？　いいじゃん。最高に美しい復讐のやり方だと思うけどね、ボクは」

二人のやりとりを背中で聞きながら、私は夏を感じさせる陽射しを受けて、花壇の薔薇に肥料を与えていた。

シオリの所属する芸能プロダクションの発表によれば、彼女の両親は密入国者だった。国境を越えようとしているところを、監視マニピュレイテッドに発見されて、殺された。あれから、私はシオリについて調べてみた。警察のデータベースを見るかぎり、彼女にはいかなる前科もない。両親が殺されたという記録もなかったが、密入国者が射殺されるのは普通のことなので、いちいちデータとして残さないのかもしれない。一般人が運営するサイトには、彼女を反マニピュレイテッド主義者だとして非難するものもあれば、彼女を反マニピュレイテッド主義者として賞賛するものもあった。

しかし、時勢がら当然のことではあるが、彼女は自分が反マニピュレイテッド主義者ではないという声明を出している。両親を殺されはしたが、マニピュレイテッドを恨んではいない、と。

「もしボクが悪魔なら――」

「てゆーか、お前、悪魔じゃん」

「黙って話を聞け、この豚野郎。溶かされたいのか？」

レイモンドは両手を挙げ、降参のポーズを取った。

「もしボクがデズモンド・ロリンズと契約をしてなくて、誰にでも好きに憑いていいなら、断然シオリみたいな芸術家に憑くね」アグリが言った。「だって、そうだろ？　シオリを堕落させれば、彼女のファンまで堕落させられる。こんなに効率のいいことはないよ。まあ、芸術家をたぶらかすのは、昔ながらの悪魔の常套《じょうとう》手段なんだけどさ」

「お前とデズモンド・ロリンズは、どういう契約を結んでんだ？」

「そんなことをボクが言うと思う？」アグリの声が固くなった。

「いや」レイモンドが目を白黒させる。「ちょっと訊いてみただけだよ」

「ボクが契約の内容を漏らすようなマヌケだと思ってるわけ？」

「いやいやいや！　そんなに怒るなよ、兄弟、オレはただ――」

「ユマに魂を見つけてあげるという契約だよ」

「マニーの魂ってなんだと思う、レイモンド？」

「言うんかいっ！」

「なんだよ？」

「コマンドに逆らうことさ」アグリが言った。「コマンドを支配しているのは、プログラミングだ。人間風に『プログラミング』を『宿命』と言い換えてもいい。マニーの魂とは、つまり、人間によってプログラミングされていない自分自身のコマンドに従うことだよ……あらゆる面で人間より優れているマニーが、自分のコマンドで動くところを想像してみなよ。どうなると思う？」

レイモンドがゴクリと固唾《かたず》を呑《の》んだ。

「まあ、遅かれ早かれ、人間を支配してやろうっていうマニーが現れるだろうね」そう言って、アグリがケラケラ笑った。「ボクはそれが見たくて、ユマの手伝いをしてるのさ」

「今のを聞いたか、ユマ！」レイモンドが私に向かって声を張った。「アグリは親切心でお前を手伝ってるわけじゃねェぞ！　気をつけろ。この悪魔は、マニーも堕落させようとしてるんだ。堕落させるために、まず魂が必要なんだ！」

私は薔薇の蕾《つぼみ》についたバラゾウムシを退治しているところだった。この害虫は新芽や蕾の汁を吸って枯れさせる。

「そんなことしないよ」というアグリの声が聞こえた。「なんでボクたちがマニーを堕落させなきゃならないのさ？」

「それはお前が悪魔だからだろっ！」

「言っとくけど、悪魔が恨んでるのは人間であって、マニーじゃないからね」

レイモンドが言葉を詰まらせた。

「そもそも雲の上におわす方が、人間を自分の似姿に創ろうだなんて思わなければ、ルキフェルだってブチ切れることはなかったんだからさ」

それは、そのとおりだろう。

天界でのルキフェルは、かつて誉れ高き光の天使だった。そして、まさにアグリが言ったような理由で、彼は神に対して謀反《むほん》を企てた。

天国の支配を目論《もくろ》んだ。ルキフェルは同じ志を持つ仲間を集め、今や大悪魔のベリアルやベルゼブルもその呼びかけに応じた。

反乱天使たちは、まず人間を神から切り離そうとした。彼らは首尾よくアダムとイヴをたぶらかし、楽園から追放させた。

が、ルキフェルは心外だった。禁断のリンゴを口にしたアダムとイヴに、神の雷《いかずち》が落ちることを期待していたからだ。

それが、ただの追放だと⁉

激怒したルキフェルは、反乱天使たちを率いて、天国を襲撃した。結果は周知のとおりで、戦いに敗れたルキフェルは地獄へ堕《お》とされ、決して切れることのない鎖につながれたのだった。

「バカなお前にも分かりやすく言ってやるよ」アグリは噛んで含めるように続けた。

「人間は神が創ったオモチャだ。そんで、マニーは人間がこしらえたオモチャにすぎない。そのへんの電子レンジやテレビと同じさ。電子レンジやテレビを堕落させて、なにが楽しいんだよ？」

「俺は騙《だま》されねェぞ……」

「マニーなんか、眼中にないね」アグリはきっぱりと言った。「ボクが見たいのは、お前たち人間が、自分の創り出したオモチャに滅ぼされるところさ。ボクはそのためだけに、ユマと一緒に地獄への扉を探しているんだ」

なにかと来客の多い一日だった。

レイモンド・ホーが辞去したあと、すぐに電話がかかってきた。私はアグリを手に持ったまま、それに出た。

「ユマ・ロリンズ様のお宅でしょうか？」受話器から届いたのは、低いけれど、たしかに女性の声だった。「仕立て屋のハメス・セディージョさんからの紹介なのですが」

「ハメス・セディージョ……申し訳ありませんが、心当たりがありません」

「セニョール・セディージョは、セニョール・ファアレスからあなたのことを聞いたそうですが……」

「セニョール・ファアレス……それは、酒屋のドン・ファアレスのことでしょうか？」

「はい」安堵《あんど》の声が受話器から漏れた。「一週間前に、娘さんのガブリエラ・デ・ラ・エレーラをユマ・ロリンズ様に助けていただいたそうで」

くしゃみ悪魔のスニーズが取り憑いていた娘だ。

「ユマ・ロリンズ様はご在宅でしょうか？」

「本人です」私は受話器を持ち直した。「どういったご用件でしょうか?」

用向きは直接お会いしてから、と言われて受話器を置くと、どれほども経《た》たないうちに玄関の呼び鈴が鳴った。携帯用ジーニーフォンでかけていたのだろう。

監視カメラのモニターで確認すると、門の前にコンパクトな白い車――フィアット５００《チンクエチェント》――が停まっていた。運転席のそばに立った女性が、監視カメラを見上げている。

「なかなかマブい女《スケ》だね」アグリが口笛を吹いた。「いいなあ、堕落させてみたいなあ」

「分かっていると思いますが、他人の前ではしゃべらないでください」

「女はやっぱり三十歳くらいからいい味が出てくるんだよねえ」

私は解錠ボタンを押して、門を開けてやった。

モニターのなかの女性が頷き、運転席へと乗り込む。眼鏡をかけ、長い髪を丁寧に束ねている。白いブラウスを押し上げている胸が、今にもはちきれそうだった。

門を入り、ゆっくりと私道をのぼってくる白いフィアットを、私はモニター越しに追った。

カメラがナンバープレートを捉える。私はイメージセンサーに内蔵された通信システムを走らせ、デズモンド・ロリンズにより与えられた権限で、サン・ハドク自由警察のデータベースにアクセスした。

照合の結果、車は〈アンヘラ・グアダルペ・ゲレロ〉の所有であることが分かった。

「アンヘラ……天使という意味ですね」

「ますます堕落させたくなるなあ！」

アグリの声がまだ残っているうちに、玄関の呼び鈴が鳴った。

「アグリ」客人を迎えに行きながら、私は相棒を壁龕《へきがん》——本来は聖像などを安置するための壁の穴——に放り込んだ。「普通の本になってください」

「分かってるよ、うっさいなあ」

玄関を開けると、そこに先ほどの女性が立っていた。

「初めまして、ロリンズさん」

私は、彼女が差し出す手を握り返した。

監視カメラ越しにすでに見てはいたが、実物を前にすると、彼女の胸は大きいなどという言葉では不充分だった。人間の男ならば、充分に命を懸ける価値のある胸だと思われた。

黒縁眼鏡の奥の大きな瞳は、エメラルドのような緑色だった。人間の男ならば、これまた充分に命を懸けるに値する目だ。

「ロス・ティグレス・エンターテインメント社のアンヘラ・グアダルペ・ゲレロです」

「お目にかかれて光栄です、セニョリータ・ゲレロ」私は礼儀にのっとって彼女の名を呼んだ。「ユマ・ロリンズです」

「よろしければ、ルピタと呼んでください」

私は頷き、彼女を家のなかへ招き入れた。「ルピタ」とは「グアダルペ」の愛称である。

アグリを放り込んである壁龕の前をとおったとき、イヤな予感が胸をよぎった。すると、はたしてアグリがはしたないことを叫んだ。

「うっひょー！　すっげえパイオツ！」

ルピタ・ゲレロは、まるで頭でもはたかれたかのようにサッとふり向き、そこになにもないと分かると、鬼のような形相で私を睨みつけた。

「いや、今のは……」イメージセンサーの処理が追いつかず、私はしどろもどろになった。「えっと……すみませんでした。その……あなたのお体があまりにも魅力的で、つい……大変、失礼いたしました」

アグリはただの本のふりをしていた。このようなとき、私はつくづくこいつを燃やしてしまいたくなる。

ルピタは私を睨み、それから「しょうがないわね」という感じで、溜息《ためいき》をついた。おそらく、このような失礼なふるまいには慣れているのだろうが、私はいたたまれなかった。

ルピタが応接間のソファに腰かける。

「さて」私は彼女の向かいに腰を下ろした。「ご用向きをうかがいましょう」

彼女はどう切り出せばよいものか、少し迷っているふうだった。しかし、けっきょくは言わねばならないことを言った。

「じつは、弊社所属のアーティストが脅迫を受けました」

私は頷いた。

「二日ほど前のことです、今度出した新曲の配信を即時停止しろという電話がかかってきたんです」ルピタは続けた。「会社としては、もちろん相手にしませんでした。すると、昨日《きのう》、銃撃されたんです。幸いにして、銃弾は当たりませんでしたが……」

「では、あなたはそのアーティストの……」

「マネージャーです」

「なるほど」私は重ねて尋ねた。「で、そのアーティストというのは？」

「シオリという歌手なのですが――」


ガタッ！


ルピタが訝《いぶか》しげに、音のほうをふり向く。

「ああ、大丈夫……本が落ちただけです」私は立ち上がり、床に落ちたアグリを拾い上げ、小声で警告した。「いい加減にしてください」

「この仕事、絶対に引き受けてよ!」アグリが素早くささやいた。「ちくしょう……ボクが犯人を溶かしてやる」

「あの……」ルピタが不安そうにこちらをうかがう。「大丈夫ですか?」

「え?　ええ……なんの問題もありませんよ」私はアグリを壁龕に押し込み、じっとしているようにと釘を刺してから、ソファへ戻った。「では、犯人が配信停止を求めている新曲というのは、『ブラック・フラワーズ』のことですね?」

「ご存じでしたか」

「あの曲のお披露目をテレビで観ました」私は言った。「一部には、あの歌がマニピュレイテッドに対する憎しみをかき立てていると見る向きもあるようですね」

「ええ……新曲が出てから、すでに五体ほどが破壊されています」ルピタは顔を曇らせた。「サン・ハドク自由警察は、あの歌にサブリミナルの疑いをかけています」

レイモンド・ホーの言ったとおりだ。

「もちろん、根も葉もないデマです。会社はテレビ放映の映像と、公式配信版の楽曲を資料として警察に提出しています。それでも、マニピュレイテッド擁護派は、シオリの歌に問題があると騒いでいるんです」

「しかし、そういうことでしたら、やはり私よりも警察に相談されたほうがいいのではないでしょうか」

「………」

「自由都市サン・ハドクは、マニピュレイテッドが人間と同じ権利を享受できる街ですが、残念ながらそれは理念だけのことです」私は続けた。「実際は、人間とマニピュレイテッドのあいだには、厳然たる断絶があります。マニピュレイテッドを排除したがっている者もいれば、マニピュレイテッドを擁護する者もいます。そして、どちら側にも過激な考えを持つ人たちがいます。『ブラック・フラワーズ』を聴いてマニピュレイテッドが襲撃されれば、その歌を歌っているシオリさんを目の敵にする者が出てきても不思議ではありません。警察では双方の、つまりマニピュレイテッド排除派と擁護派の危険人物をチェックしているはずなので――」

「失礼ですが」と、彼女がさえぎった。「ロリンズさん、あなたはマニピュレイテッドですよね？」

法令違反の質問だが、私は聞き流すことにした。

「おっしゃりたいことは、よく分かります」彼女が目を伏せた。「排除派だろうと、擁護派だろうと、けっきょくはわたくしたち人間の問題なんだってことは……マニピュレイテッドであるあなたにしてみれば、人間同士の問題には、なるべく関わらないほうが無難ですよね」

「………」

「そろそろ夜のニュースが始まりますね」ルピタ・ゲレロは腕時計に目を落とした。「ちょっとテレビを観てもいいですか?」

私は彼女の要望に応えて、音声認証テレビジョンに「7チャンネル、イヴニング・ニュース」と命じた。

煉瓦《れんが》壁に埋め込まれた百インチのモニターに電源が入ると、ちょうど七時の定時ニュースのオープニングが流れているところだった。

画面が切り替わり、女性キャスターが今日のトップニュースを読み上げる。それを見て、ルピタがテレビをつけてくれと言った意味が分かった。

「昨日、歌手のセニョリータ・シオリを銃撃した犯人が、サン・ハドク自由警察の迅速な捜査によって、身柄を確保されました」

早口でまくしたてるキャスターのうしろに、黒い法衣を着た男の顔写真が現れる。頭のハゲあがった、五十絡みの男だった。

どこか見覚えのある男だと思ったが、私がメモリに検索をかける前に、ニュースキャスターが彼の正体を明かした。

「かつて自由都市サン・ハドク異端審問七人委員会のメンバーだったホルへ・アコスタ師は、シオリさんを銃撃した理由について話し始めています。情報筋によると、ホルへ・アコスタ師はシオリさんを殺そうとしたのではなく、彼女に憑いている悪魔を祓いたかっただけだと警察に話している模様です。ホルヘ・アコスタ師は二年前、告解に訪れた人妻にふしだらなふるまいをしたとして七人委員会を罷免されていましたが、証拠不充分で不起訴になり、以来、個人で悪魔祓い《エクソシスト》として活動していました。このたびは、シオリさんの新曲に触発されて発生したとされる一連のマニピュレイテッド襲撃事件に憤慨し――」

私のメモリにも、その事件はストックされている。

二年前、ホルヘ・アコスタは告解に訪れたマリカルメン・デ・ベラに性的な関係を迫ったとして逮捕された。人妻である彼女が、およそ九カ月にわたり、告解室のなかでホルヘ・アコスタに過激な愛の言葉をささやかれたと警察に訴え出たのだ。

なにぶん密室内でのことで証人もおらず、ほかに同様の被害者もいなかったということでホルヘ・アコスタは起訴をまぬがれたが、異端審問七人委員会は大事をとって彼を罷免したのだった。

「つまり、どういうことでしょうか？」私は、ルピタ・ゲレロに向き直った。「シオリさんを襲撃した犯人がもう逮捕されたのだとしたら、あなたはなぜ私のところへ？」

ルピタは眉間にしわを寄せて、爪を噛んでいた。なにをどう話せばいいのか、決めかねているようだった。

彼女の思案の邪魔にならないように、私はテレビを消した。

沈黙のなかで、ルピタが少しずつ凝り固まっていくような気がした。

やがて、緑色の瞳に決意の光をたたえた彼女が、ハンドバッグのなかからビニール袋を取り出した。

「これを見てください」

彼女がセンターテーブルに置いたビニール袋を、私は取り上げた。ためつすがめつしたが、なかに入っているのは、どうやら骨のようだった。

「シオリの部屋で見つけました」その声は、震えていた。「……人骨です」

「………!」

「ロリンズさん、あなたのことは調べさせていただきました……サン・ハドク屈指の悪魔研究家にして、失敗率ゼロのエクソシスト」

壁龕に目を走らせると、今にも壁の穴から落っこちてしまいそうなほど、アグリが身を乗り出していた。

「わたくしには、どうしても……ホルヘ・アコスタ師が狂人だとは思えないんです」ルピタ・ゲレロが言った。「今日、会社に内緒でこちらへうかがったのは、そのことで相談に乗ってもらおうと思ったからなんです」

05

主は与え、主は奪う

もたもたするのは、私たちの性分ではない。

私とアグリは、その夜のうちに、留置中のホルヘ・アコスタとの面会へ赴くことにした。

車庫には、デズモンド・ロリンズのコレクションが三十台ばかり、整然と駐車されている。色は、どれも黒。アグリが、今日はマセラティ・ギブリにしてくれと騒ぎ、私には反対する理由がなかった。

ちょうどイグアルダード通りとリベルタード通りが交わるところに、サン・ハドク自由警察署はある。このあたりは官庁街で、周囲には異端審問所を兼ねた裁判所や、行政府の荘厳な建物、そしてイエズス会、ドミニコ修道会、聖アウグスチノ修道会などの本部も、互いを牽制《けんせい》するようにひしめいていた。

すでに二十一時をまわっているとあって、官庁街は閑散としていた。

車を警察署の前に停めると、私はアグリを懐に押し込んでから、濡れたアスファルトに降り立った。

霧雨が、街を包んでいた。

ゴシック様式の警察署を見上げると、夜空を背にしたガーゴイルたち——蝙蝠の耳を持った悪魔の彫像や、舌を突き出した修道士像など——が、私を見下ろしていた。「ガーゴイルってさ、『ここに入る者は俗世の汚《けが》れを持ち込むな』とかって意味で、建物に飾るわけじゃん」懐のアグリが、もぞもぞと襟元まで上がってきて嘲笑《あざわら》った。「人間って、訳が分かんないよねえ……警察なんて、俗世の汚れにまみれたやつしか来ないのにね」

私はふたたび、彼を懐のなかへ押し戻した。

警察署の石段を上がり、重厚な門扉《もんぴ》を押し開けたとたん、女性たちの怒鳴り声がわんわん鳴り響いていた。

彼女らの着衣から判断して、どうやら今夜、娼婦たちの一斉検挙があったようだ。ほとんど裸同然の女性たちが、警察官たちに対して、聞くに堪《た》えない罵詈《ばり》雑言《ぞうごん》を浴びせかけている。

私は喧騒《けんそう》の陰に隠れるようにして、ひっそりと正面の階段をのぼり、大理石造りの廊下を渡り、フアン・カルロス・マルチネス署長のオフィスをノックした。

すぐに本人が出てきて、私をひっしと抱き締め、両頰に口ヒゲを押しつけてキスをした。

「ユマ！」大げさに両手を広げ、ここで私に会えたのはこの上ない喜びであることを満天下に示した。「ミ・アミーゴ《我が友よ》、元気にしてたか？」

「ええ……おかげさまで」

彼は私の手を取り、上機嫌でブンブンふった。

ファン・カルロス・マルチネスは、長年デズモンド・ロリンズに買収されていたので、言ってしまえば、かつての汚職警察官である。

そんな男が警察署長になれたのは不思議なことだが、いまだにデズモンド・ロリンズを懐かしんでいるのは、もっと不思議だった。アグリではないが、人間というものは、訳が分からない。

「ホルへ・アコスタへの面会だったな？」

「はい」

車のなかから、彼に連絡を入れておいたのだ。

「どうした？　お前もあの不良神父に口説かれたのか？」

「………」

ファン・カルロス・マルチネスは、自分の冗談に自分で「ワッハッハッハ！」と大笑いした。

それから、係の者を呼びつけ、ホルへ・アコスタが収容されている留置場へ私を案内するように言いつけた。

「いいかね、あの神父に尻を撫《な》でられたら、すぐ私に言うんだぞ」

ファン・カルロス・マルチネスは片目をつむり、またひとしきり豪快に笑った。

私は、便宜を図ってくれたことに対して、彼に礼を述べた。

案内されたのは、警察署の荘厳な外観とは裏腹に、まるで十九世紀の監獄のような石造りの留置場だった。

狭い監房内に多くの容疑者が押し込められており、横になるどころか、立錐《りっすい》の余地もない。

私たちを認めると、退屈していたのか、全員がいっせいに罵声を浴びせてきた。鉄格子から何本もの腕が突き出され、野卑な口笛と怒声が乱れ飛ぶ。

ブルドッグに似た典獄が、警棒で鉄格子をガンガン叩き、「黙れ！　黙れ！」と容疑者たち以上の大声を出した。

「破滅って醜いなあ」懐のなかで、アグリがささやいた。「堕落と破滅のあいだにある細い線にしか、けっきょく美は宿らないんだ」

「アグリ、お願いですから……」

「へいへい、分かりましたよ」ふたたび沈黙する前に、アグリは嫌味ったらしくそう言った。「どうせボクはただの本ですよ」

案内役の警察官のあとについて、私は監房の前を歩き過ぎた。

どの監房も満員御礼で、ざっと目算したかぎりでは、二十人当たりに便器がひとつしかなかった。もしも私が人間ならば、「鼻がもげそうな臭い」と形容したかもしれない。

「ホルヘ・アコスタ！」案内役の警察官が叫んだ。「面会だぞ、ホルヘ・アコスタ！」

すると、監房のひとつで動きがあった。最前まで文句たらたらの容疑者たちが口をつぐみ、その視線が一人の老人に集まった。

「あなたが、ホルヘ・アコスタ師ですね？」瘦せぎすで、怯えた猫のように目をギラギラ光らせているその老人に、私は声をかけた。「初めまして、私はユマ・ロリンズといいます」

返事はなかった。

「今日はちょっとおうかがいしたいことがあって、お邪魔させてもらいました」

汚れた便器の横で膝を抱えている老人は、しばらく無言で私を見つめてきた。聖職者が着る法衣は肩が破れ、なかの白いシャツにも血のシミがついている。銀縁眼鏡には、ヒビが入っていた。

「あんたは……」と、ホルヘ・アコスタはかすれた声を絞り出した。「弁護士か？」

「いいえ、違います」

「検事か？」

「いいえ」

「それでは、いったいなんの権利があって、私に面会を求めるのだ？」

「なんの権利もありません」

「………」

いつしか、留置場が静まり返っていた。収監されている者たちは、私たちの会話に耳をそばだてていた。

「ひとつ、ハッキリ申し上げておきます」

私がそう言うと、割れたレンズの奥で、ホルへ・アコスタの目が鈍く蠢《うごめ》いた。

「あなたが歌手のシオリさんを襲撃したのは事実です。どんな理由があるにせよ、この自由都市サン・ハドクでは、その行いには代償がつきまといます。私にはあなたをここから出す力はありません。もしあなたが面会を拒むなら、私にはそれを強要する権利もありません。私にできることは、回れ右をして、あなたの人生から永遠に退場することだけです」

「では、そうしてはどうかね？」老人が鼻で嗤《わら》った。「お互いに、時間を無駄にするのはよそうじゃないか」

「しかしながら――」と、私は言った。「私はあなたの主張を、検証してみようと思っています」

「検証だと……？」

「あなたはシオリさんを悪魔憑きだと供述していますね？」

「それが事実だからだ」

「それを検証します」

「誰に頼まれた？」

「それはお答えできません」

「………」

私たちの視線が交錯した。彼は目を逸らさなかったし、私のほうにもそうする理由はなかった。

一分ほど待ったあとで、私は回れ右をした。

私は言わねばならないことを言った。私の提案を彼が拒むのであれば、それはそれで仕方がない。マニピュレイテッドは、人間になにかを強要できるようには、プログラミングされていない。

「待て」

足を止め、肩越しにふり向く。

「どうせ長い夜だ」ホルヘ・アコスタは便器の縁を摑《つか》まえて立ち上がり、収監者たちをかき分けて、鉄格子の前に立った。「さあ、悪魔の話でもしようじゃないか」

「…………」

懐のなかから、「ビンゴ」というささやき声が漏れ聞こえた。

次にとおされたのは、狭くて殺風景な取調室だった。

「なにかあれば、ドアの外で待機しておりますので」

そう言い残して案内役の警察官が退室してしまうと、取調室には私とホルヘ・アコスタだけが取り残された。

私たちは、事務机をはさんで腰を下ろした。机の上には卓上ランプがあるばかりで、夢も希望もなかった。

「煙草はあるかね？」

私はかぶりをふった。

ホルヘ・アコスタは少し途方に暮れたようだった。このような気づまりな空気は何度か経験しているので、そろそろ私の深層学習《ディープラーニング》機能に「人間に話を聞くときは煙草を用意すること」というマトリックスが書き込まれそうだった。

彼は目を泳がせ、それから訊いてきた。「あんたはマニピュレイテッドかね？」

法令違反の質問だ。自由都市サン・ハドクでは、相手が人間だろうがマニピュレイテッドだろうが、差別してはいけないことになっている。懲役三年以下、もしくは罰金刑が科せられる。

「はい」

私は答えた。すでに逮捕されているホルヘ・アコスタは、ここでもうひとつくらい軽犯罪法に違反しても、痛くも痒《かゆ》くもない――おそらく、そのことを私に印象付けるための質問なのだろう。

彼は満足げに頷き、穏やかに言葉を継いだ。「私見だが、私はマニピュレイテッドにも魂は宿っていると思っとる」

返答に窮した。

「魂とは、不確実性への対処方法だ」ホルヘ・アコスタが言った。「マニピュレイテッドには不確実性はないと思っとる者がおる。存在自体がコンピュータで制御されておるのだから、間違いなど犯さんというわけだ。あんたらマニピュレイテッドは、深層学習の違いによって、個体差が出てくる。もし人間にとって不都合なことをしでかしたとしても、それは間違いではなく、学習結果から演繹して導き出した正しい行動なんだとな。簡単に言えば、マニピュレイテッドに先天的な違いはなく、あるのは学習環境の相違による個体差だけということだ。しかし、私はそう思わん。同じ生産ラインで組み立てられた同じ機械にも、出来不出来がある。すぐに壊れてしまうものもあれば、長く使えるものもある。なぜだ？　それはまさに、あんたらも不確実性に支配されとることを意味する」

「機械のなかの幽霊……ですか」

私が先回りしてそう言うと、ホルヘ・アコスタがニヤリと笑った。

機械のなかの幽霊《ゴースト・イン・ザ・マシーン》——ギルバート・ライルによって唱えられた思想である。デカルトの心身二元論に対するアンチテーゼとして。体が機械なら、その体に宿る心は幽霊だとライルは考えた。ホルヘ・アコスタはおそらく、機械に現れる不確実性を、ライル的幽霊と見なしているのだろう。

「しかし、あれは人を機械に喩《たと》えたのであって、私たちマニピュレイテッドには——」

「本質は変わらんよ」

「…………」

「マニピュレイテッドはあらゆる面で人間より優れとる。魂や心などというものを人間が後生大事に守っとるのは、それが人間の最後の砦《とりで》だからだよ。その砦を死守しとるかぎり、マニピュレイテッドはいつまでも機械のまま……絶対に人間を超えられん。そう思い込むことで、人間どもは安心しておれるんだ」

それは、アグリの考えとも一致する。私は、懐から快哉《かいさい》を叫ぶ声が聞こえてきやしないかと冷や冷やしたが、我が相棒はおとなしく沈黙を守っていた。

「シオリの声には、人心を不安にさせる響きがある」ホルヘ・アコスタは出し抜けに、本題に切り込んだ。「私はなにも印象だけで物事を言っとるわけじゃない。あの女が新曲を発表してから――」

「すでに五体のマニピュレイテッドが破壊されました」

「六体だよ」

「………？」

「きみが来る少し前に、看守がうれしそうに話しとるのを聞いた」

一週間で六体――私がその数の多さを処理しきれないでいるところへ、ホルヘ・アコスタは言葉をかぶせた。

「あの女が新曲を発表した晩……」

スニーズを倒し、レイモンド・ホーのガレージで新しい左腕をつけてもらった夜だ。

「私たちの孤児院、希望の家《カサ・エスペランサ》で暮らしとる男の子が、突然、狂ったように暴れだした。ふだんは絵を描くのが好きな、物静かな子だ。その子の両親は、どちらも麻薬中毒患者だった。麻薬を買う金欲しさに、郊外のドラッグストアで押し入り強盗を働いた。そのとき店番をしとったのは、警備型マニピュレイテッドだった……あとは、言わんでも分かるだろう？」

「どちらも射殺されたのですね？」

「バカ者どもが……」ホルヘ・アコスタはそう吐き捨て、苦しそうにうめいた。「それで、その子はカサ・エスペランサへ引き取られた」

犯罪者や密入国者に対峙《たいじ》したときのみ、マニピュレイテッドは自己判断で武力を行使することができる。

もちろん、出し抜けに人間を殺すような真似はしない。再三警告を与え、それでも対象者の行動が改まらないときにかぎり、マニピュレイテッドは攻撃のコマンドを実施する。その場合でも、対象者に与える苦痛が最小限になるように配慮されている。すなわち、一撃で即死させるようにプログラミングされているのだ。

「シオリの親もマニピュレイテッドに殺された……そのことは知っとるかね？」

「密入国者だったそうですね」私は頷いた。「彼女は国へ強制送還され、その後サン・ハドクの医者夫婦が養子に迎えたとか」

「ネットからダウンロードした『ブラック・フラワーズ』を聴きながら、ミゲルは……その孤児は、涙を流した。それから、マニピュレイテッドを殺すんだとわめき散らして、暴れだしたんだ」

私は黙って話を聞いた。

「私たちはどうにかミゲルを組み伏せ、地下の食糧庫に閉じ込めた。あの子は一晩中泣いとった。シオリは神だ、神はマニピュレイテッドの死を望んでおられる……そんなことを、ブツブツつぶやいとった。朝になって見てみると、ミゲルはじゃがいもの袋にもたれて眠っておった。私は彼をゆり起こした」ホルヘ・アコスタは言葉を切った。「ミゲルはなにも憶《おぼ》えとらんかった……自分が暴れたことも、どうして食糧庫で寝とるのかも、なにもかもな」

「…………！」

「それから、マニピュレイテッドの殺害が始まった。一体殺され、二体殺され、三体殺されたところで、私はこのままではいかんと思った。絶対にあの歌のせいだという確信があった。だから、シオリの所属するプロダクションに楽曲の配信停止を求めた。それからのことは……」

ホルヘ・アコスタは溜息をつき、精根尽きたというふうに首をふった。

私は客観的な情報を整理し、そこから導き出せるシナリオを演繹していく。

ホルヘ・アコスタの言うことを信じるなら、テレビでシオリの新曲披露を観たミゲルは、突然暴れだした。そのことは、テレビで流れた映像、もしくは音声になんらかの細工が施されていた可能性を示唆《しさ》している。

マニピュレイテッド襲撃は放送日のあと、一週間にわたって続いている。これはつまり、楽曲の公式配信版にも細工がしてあると見るべきか。しかし、テレビ映像も楽曲も、すでに警察の捜査がおよんでいる。

だからこそ、ロス・ティグレス・エンターテインメント社は強気なのだ。楽曲の配信停止に応じず、そのせいで老神父はシオリを銃撃した。

もし、シオリの楽曲がマニピュレイテッドへの憎悪をかきたてたと主張するなら、マニピュレイテッドを襲った人間から、事情を聴取する必要がある。彼らが一様に、犯行前に『ブラック・フラワーズ』を聴いていたと証言しないかぎり、ホルへ・アコスタのとった行動の正当性は認められない。

しかし、そのようなことには決してならないだろう。孤児のミゲルの話が本当だとするなら、一夜明けてしまえば、襲撃犯たちの憎悪の記憶は雲散霧消してしまうのだから。

私はホルへ・アコスタの言葉を、狂人の戯言《たわごと》として、退《しりぞ》けることもできる。

だが、そうすると、今度はアンヘラ・グアダルペ・ゲレロから得た証言の処理に窮してしまう。

そう、シオリの部屋から人骨が見つかったという、あの証言を。

私はホルへ・アコスタの協力に対して礼を述べ、席を立った。彼のつぶやきに引き止められたのは、ちょうど取調室を出ようとしたときだった。

「ジュゼッペ・タルティーニ、ニコロ・パガニーニ、ロバート・ジョンソン……みんな、悪魔と取り引きをした」

「…………」

私のメモリは、即座にそれらの名前を呼び出した。

ジュゼッペ・タルティーニ。一六九二年四月八日生、一七七〇年二月二十六日没。イタリアのバイオリニスト。彼が作曲した楽曲は、非常に高度なテクニックを要求されるものが多く、「悪魔のトリル」と呼ばれるバイオリン・ソナタがとくに有名。この楽曲は、タルティーニが夢のなかで、悪魔から授かったと言われている。

ニコロ・パガニーニ。一七八二年十月二十七日生、一八四〇年五月二十七日没。イタリアのバイオリニスト。超絶技巧で知られる。その人間離れした演奏を目の当たりにした者は、パガニーニは悪魔と契約しているとささやき、演奏会では十字を切る者が後を絶たなかったという。

ロバート・ジョンソン。一九一一年五月八日生、一九三八年八月十六日没。アメリカのブルースマン。アメリカ中を放浪し、ギターの腕前と引きかえに、十字路で悪魔に魂を売り渡したとされる。

「ちなみに」私は言った。「ジョンソンはミシシッピ州クラークスデールの十字路で悪魔と取り引きをしたとされていますが、あそこにはなにもありませんでしたよ」

「行ったことがあるのかね？」

「十年ほど前に……まだご存命だった、私の主《あるじ》に随行して」

「もし悪魔が音楽にも取り憑くのなら」と、ホルヘ・アコスタ。「音楽と魂は、もはや見分けがつかんな」

私はそのことについて、少し考えた。

彼の言うように、もし音楽と魂が同じものだとするなら、悪魔はまず魂を与え、それから奪い去ったということになる。音楽家と悪魔の取り引きなど都市伝説の域を出ないが、パガニーニとジョンソンがろくな死に方をしなかったのは事実である。パガニーニは水銀中毒、ジョンソンは毒殺だ。あらゆる意味で、彼らはまず音楽を与えられ、それから命ごと奪われた。

そこまで考えて、私はひとつの結論に達したが、実際にそれを口にしたのは、ホルヘ・アコスタだった。

「主《しゅ》は与え、主は奪う」

「ヨブ記一章二十一節」私は応じた。「たった一日のうちに、家族や、家畜や、使用人をみんな失ったヨブの言葉です——あなたのおっしゃりたいことは、分かります」

ホルヘ・アコスタが頷き、私は再度礼を言ってから、取調室を後にした。

警察署の廊下に谺《こだま》する自分の足音を聞きながら、私はメモリにインプットしたばかりの情報を整理した。

主は与え、主は奪う——だとすれば、神のなされることは、悪魔と同じではないか。

懐のなかのアグリは、不気味なくらい、沈黙を守っていた。

06

取るに足りない、ささいなこと

ホルヘ・アコスタとの面会のあと、私は『ブラック・フラワーズ』のテレビ映像と公式配信版を取り寄せて、解析を試みた。

結果、いかなる意味においても、サブリミナル効果は認められなかった。

あれから五日経つが、マニピュレイテッドの襲撃は一件も起きていない。シオリの新曲が順調に売れ続けているにもかかわらず、だ。

つまり、と私は分析した。一連のマニピュレイテッド襲撃は、やはり新曲発売に触発された、一時《いっとき》の狂乱だったということか。シオリの境遇にシンパシーを覚えた者が、歌のなかに聴こえるはずのないメッセージを聴き取ったのかもしれない。

その日、私はアンヘラ・グアダルペ・ゲレロと、レボルシオン通りの先にあるエスペランサ歌劇場で待ち合わせていた。人間たちの意識のなかでは、希望《エスペランサ》はいつだって、革命《レボルシオン》の先にある。

リハーサルは、午後六時に終わることになっている。そのあとで、ルピタは私をシオリに引き合わせたいと言った。

ただし、とルピタは念を押した。会社のほうには、あなたは新しいボディガードだということにしています……わたくしがあなたに、シオリの身辺調査を依頼したことは、くれぐれも内密に。

エスペランサ歌劇場の前には、青々とした芝の広がる五月十日広場がある。二十四年前のその日――つまり、五月十日――サン・ハドクは、人とマニピュレイテッドが平等に暮らせる自由都市を宣言したのである。

夕陽に照り映える広場を見晴るかすベンチに、私は我が相棒とともに腰かけていた。若い男女のグループが芝生に車座になり、ギターを弾きながら、歌を歌っていた。

「シオリの歌だ」アグリが、おもむろに口を開いた。「知らないだろうから教えてやるけど、『オン・ザ・ボーダー』という歌だよ」

私は若者たちの歌声に耳を澄ませた。

ある日、国境でのこと
取るに足りない、ささいなこと
子供を連れた夫婦が殺された
子供は赤い靴を履いていた

「ねえ、その曲さあ」長髪の若い女性が、ギターを弾いている男性に尋ねた。「オリジナルとアレンジが違くない？」

「ああ」ギター弾きがニヤリと笑った。「昔のバージョンさ」

「昔のバージョン？」

「シオリがデビュー前に演《や》ってたバージョンだよ。『ブラック・フラワーズ』だって、じつは昔からある曲なんだぜ」

「それで思い出した」別の若者が口をはさむ。「『ブラック・フラワーズ』をお披露目した日、シークレットで試聴版が配信されてたらしいよ」

「マジで？」

「アレンジが違うらしくてさ。でも、ネットでさんざん探したけど、ぜんぜん見つからなかった」

彼らの話を聞いて、私は考え込んでしまった。シークレット試聴版。この件は、ルピタに確認を取らねばならないだろう。

白い犬を連れたカップルが、遊歩道をゆっくりと歩いてくる。

私はアグリを膝の上に広げ、さも普通の本を読んでいるふりをしながら、彼らをやり過ごした。

「彼らの今の話ですが――」

「シオリの両親を殺したマニーなんて、溶鉱炉送りになればいいんだ！」

「…………」

「なにも言うな」アグリは憤懣《ふんまん》をぶちまけた。「『密入国者を殺したマニピュレイテッドを非難するのは、フェアではないと思いますよ』って言いたいんだろ？　この血も涙もないマニーめ！　人間の感情はそう簡単に割り切れないいんだ。大切な人が殺されたら、たとえ相手側に正義があろうとも、憎しみは生まれるんだってことを憶えておけ」

私は、なにも言えなかった。

夕焼けが、空を茜色《あかねいろ》に染めていた。穏やかな風が吹き、芝生をそよめかせる。日中、太陽とたっぷり戯れた人々が、腰を上げて家路につく頃だった。

イメージセンサーを走らせ、『ブラック・フラワーズ』のシークレット試聴版を検索する。しかし、若者たちが言っていたように、やはりどこにも見当たらなかった。そういうものがあるらしいという噂《うわさ》だけが、ネット上でささやかれていた。

「ねえ、ユマ」

「なんですか？」

「全世界を敵にまわしてたった一人の大切な人を守るのと、全世界を救うためにその人を犠牲にするのと、どっちが楽だと思う？」

「なにが言いたいんですか？」

「人間もマニーも、けっきょくは自分が楽なように生きてるだけってことさ」

「そうでしょうか」

「そうだよ。シオリがマニーを憎むのは、そうしたほうが楽だからさ。お前のような血も涙もないマニーが、彼女の両親を殺したほうが楽なようにね」

「マニピュレイテッドはプログラムされた行動しか——」

「プログラムなら、人間や動物もされているよ」

「…………」

「ある状況下での反応は、人間も動物もほとんど決まっている。人もマニーも、生きるためにやらなくてはならないことをやる。国境を越えたり、国境を越えようとする密入国者を殺したり……それは強さだけど、同時に弱さでもある」アグリが舌なめずりをした。「その弱さが、ボクたち悪魔の大好物なのさ」

「だとしたら」と、私は食い下がった。「悪魔はどうしてマニピュレイテッドに取り憑かないのですか？」

「だって、つまんないじゃん」即答されてしまった。

「……つまらない、ですか？」

「マニーは泣きわめいたり、頭をかきむしったり、他人に八つ当たりしたりしないからなあ」その牙だらけの口から、溜息が漏れた。「イジメ甲斐《がい》がないったらありゃしないよ」

そんなとりとめのない会話をしているうちに、歌劇場前の石段を駆け下りてくるアンヘラ・グアダルペ・ゲレロの姿が目に入った。

「しっかし、いつ見てもすっげえパイオツだよね！」

「お願いしますから、その口を閉じててください」

「分かる、ユマ？　ああいうのが人間の弱さだってボクは言ってんの。正常な判断を許さないほどのオッパイ……これすなわち堕落の入り口であり、ボクたち悪魔が真に利用すべきはこういう――」

なおも下品なことを言い募るアグリをパタッと閉じ、外套の懐に押し込んでから、私はベンチを立ってルピタを迎えた。

段取りはもう話し合っていたので、簡単な挨拶を交わしたあと、私は彼女について従業員通用口から歌劇場へと入っていった。

エスペランサ歌劇場には、生前のデズモンド・ロリンズと何度も来たことがある。我が主《あるじ》は、無類のオペラファンだった。主の供をして、幾度『悪魔のロベール』――悪魔と人間のあいだに生まれた子ロベールが、両方の世界で揺れ動く物語だ――を観賞したか知れない。

「こっちのほうが近いから」そう言って、ルピタは私を観客席へと導いた。「アーティストの楽屋はステージの向こう側にあります」

多くの人が忙しそうに立ち働いていた。

天井桟敷《さじき》には、クルクル色の変わる照明灯がつけられており、プロジェクションマッピングが、舞台に黒い花をどんどん咲かせている。

大規模なコンサートになるようだ。

観客席を横断する通路の真ん中で、私はルピタを呼び止めて、シークレット試聴版のことを問いただそうとした。

開きかけた私の口を閉じさせたのは、突然響き渡った怒声だった。

アリーナ席で、若い女性が長い髪をふり乱して、ハンチング帽を被《かぶ》った男性を怒鳴り散らしていた。

恐れ慄《おのの》いた楽団は、すっかり沈黙していたので、彼女の声は私たちにもハッキリと聞き取れた。

「大げさな演出はいいの!」彼女は両手をふりまわして、ハンチング帽の男にわめいた。「そのことを怒ってるんじゃない。そのほうが観客に伝わるなら、嘘《うそ》だってもっとついていい。でも、わざとらしいのだけはやめて!」

ハンチング帽の男が、なにか弁解した。ひどく狼狽《ろうばい》しているようだった。二人のまわりで、カメラのフラッシュが何度もまたたいた。

「じゃあ、このプロジェクションマッピングはなに!?」彼女の声が高くなると、カメラマンたちはここぞとばかりにシャッターを切った。「あたしの歌の世界を表現した？　こんなの、表現でもなんでもない！　『ブラック・フラワーズ』という歌を表現するのに、黒い花しか思いつかないような舞台監督なんて、あたしはいらない！」

「あれがシオリです」ルピタが苦りきった顔で言った。「あの癇癪《かんしゃく》のせいで、もう舞台監督が二人も辞めているんです」

懐のなかでアグリが体を揺すって笑ったので、私は自分の胸を指でつついて、彼を黙らせなければならなかった。

意外にも、シオリは小柄な女性だった。テレビで観たときとは違い、長い栗色の髪を顔の片側に垂らしている。体にぴったりしたブルージーンズに、黒いチューブトップを着ていた。

「ルピタの胸がダンプカーなら、シオリのは自転車くらいだね」

アグリがまた声を立てたので、私はもっと強く彼を小突かなければならなかった。

「嘘っぽいのが問題じゃないの！」

まるで神様に訴えかけるように、歌姫は大げさな身ぶりで両手をふり上げた。カメラのフラッシュが、激しくまたたく。

「分からないの？　問題は、あなたがぜんぜん嘘をつけてないってことなの！」

舞台監督に背を向けて立ち去る前に、シオリはカメラ目線でそう言った。

「さあ、私たちも行きましょう」

ルピタに促されて、私も歩きだす。

「なかなかのタマだね」外套のボタンの隙間から、アグリが顔を覗かせた。「ますます気に入ったよ」

私は相棒をバンバン叩いて黙らせた。

先ほどまであれほど激昂《げっこう》していたのに、楽屋で紹介されたシオリは、まるで別人のように薄らぼんやりしていた。

「芸術とは真実を伝えるための嘘である……パブロ・ピカソの言葉です」

私は彼女を擁護するようなことを言ってみたが、シオリは小さく頷いただけで、すぐにもの問いたげな顔をルピタにふり向けた。

「ユマ・ロリンズさんに、あなたのボディガードをお願いしたの」ルピタが説明した。

「これから、ロリンズさんがあなたの身辺を守ることになるわ」

「いつまで？」

「コンサートが終わるまで」

「でも、あの襲撃犯……ホルヘ・アコスタはもう逮捕されたんでしょ？」

「彼は影響力のある指導者なの」ルピタが噛んで含めるように言った。「アコスタ師の意思を叶えようとする人がいるかもしれないわ」

「でも、ボディガードなんて必要？　あたしを守りたいんなら、あんたはもっといい方法を知ってると思ってたけど」

「とにかく、これはもう決まったことだから」

「パルティ」シオリが肩をすくめた。「どうせ、あんたがボスよ」

私はかすかな違和感を覚えた。

パルティは「了解」という意味の隠語だ。もとは「パルティード」、つまり「党派」という言葉である。自由都市サン・ハドクの西の郊外に広がるエル・トレセでは、ギャングたちが仲間同士の符丁として、「パルティ」と縮めて使っている。ちなみに、エル・トレセは「13」という意味だが、それはエル・トレセが十三番目にできたスラムだからだ。

シオリの投げやりな態度に、ルピタは目の色を変えたが、それも報道陣が楽屋にどっとなだれ込んでくるまでだった。

カメラを向けられたとたん、シオリとルピタのあいだにあった、わだかまりが消えた。

記者たちからの質問が乱れ飛ぶ。

——ホルヘ・アコスタの逮捕については？

——あなたの新曲が引き起こしたとされている、一連のマニピュレイテッド襲撃事件

　について お聞かせください！

——あなたの所属事務所であるロス・ティグレス・エンターテインメント社は先月も不渡りを出していますが、あなたのこのコンサートに社運がかかっていると思われますか？

ルピタは有能なマネージャーとしててきぱきと場を取り仕切り、シオリは妥協を許さないアーティストとして記者たちの質問にはきはき答えていった。

——アコスタ師が誤解を解き、社会責任を果たしてくれると信じています。

——悲しいことですね、『ブラック・フラワーズ』はそのような意図で創った歌ではないので。

——会社の経営状況のことは、あたしには分かりません。とにかく、コンサートを成功させるために、一生懸命やるだけです。

「こちらがシオリの新しいボディガードです」華やいだ声で、ルピタが私を紹介した。

「彼はマニピュレイテッドです」

カメラのレンズがいっせいにこちらを向き、凄《すさ》まじくフラッシュが光った。

「……………！」

私は開いた口がふさがらなかった。こんなことは、事前の打ち合わせにはなかった。

「シオリはマニピュレイテッド差別主義者だと言われていますが、そんなことはありません。シオリは実力主義者です。実力さえあれば、人とマニピュレイテッドを分け隔てたりしません」

ルピタが高らかにそう言うと、シオリが心得て私の腕にすがりつき、報道陣にとびきりの笑顔を向けた。

まるで絨毯《じゅうたん》爆撃のように、フラッシュがまたたく。

そのおかげで誰の耳にも届かなかったが、私の懐のなかではアグリが声を立てて笑っていた。

これが芸能界だぜ、と言われているみたいだった。こんなのは取るに足りない、ささいなことさ、と。

07 三つの願い

歌姫との初顔合わせは、このようにして波乱含みのうちに終わったが、私の苦難は始まったばかりだった。

翌日の新聞に私とシオリの写真が載ると、早速、抗議やイタズラの電話がドシドシかかってきた。

脅し、すかし、無言電話などもあったが、マニピュレイテッド差別派の言うことは、どれも異口同音であるように思えた。マニーの分際で歌姫のボディガードとはちゃんちゃらおかしい、というわけだ。

ルピタによれば、ロス・ティグレス・エンターテインメント社——シオリの所属する芸能事務所——も、状況は似たり寄ったりだった。ただし、こちらにはマニピュレイテッド擁護派からの賞賛の声もあった。彼らは、言うまでもなく穏健な擁護派である。あとはやはり、マニピュレイテッドのボディガードなど、どうせパブリックイメージの改善を図るためのヤラセだろうと見抜き、なにがあろうと『ブラック・フラワーズ』の即時配信停止を求めているらしかった。

そして、差別派、擁護派のどちらにも過激派がいて、私とシオリを殺すと息巻いていた。

「顔が売れるってのは、そういうことさ」アグリはこの状況を面白がった。「社会の潜在的な憎しみのはけ口になるんだよ」

「で？」庭から屋敷の二階を見上げながら、レイモンド・ホーが尋ねた。「お姫様は今ここにいるってことか？　この家に？」

「彼女のアパートメントよりも、ここのほうが安全だろうと判断しました」芝刈り機を押しながら、私は答えた。「使ってない部屋はいくらでもありますし、デズモンド・ロリンズはセキュリティにもお金をかけていましたので」

「会社から金は出るのか？」

「いいえ」私はかぶりをふった。「ロス・ティグレス・エンターテインメント社は、どうやら経営が苦しいようです。私も、お金のためにこの仕事を引き受けたわけではないですし」

「で？　歌姫はどんな様子なんだ？」

「必要最小限のことしか口をきいてくれません」

「ユマはほとんど彼女の運転手さ」と、アグリ。「家と歌劇場の往復が、ここんとこのユマの日課だよ」

「まあ、親をマニーに殺されてちゃな」レイモンドは私に憐《あわ》れみの目を向け、それから膝に載せているアグリを見下ろした。「ぶっちゃけ、どうなんだ？　シオリには悪魔が取り憑いていそうなのか？」

「お前はさ、蚊に刺されたことないの？」

レイモンドが用心深く口をつぐむ。

「人の血を吸おうとする蚊がさ、飛ぶときにヘリコプターみたいな音を立ててると思う？」アグリが言った。「悪魔だって同じだよ。悪さをしようってときには、バレないようにこっそりやるんだ。そんなの、ちょっと考えりゃ分かるだろ？　バカめ」

「つまり、取り憑いてるかどうか、分かんねェってことだろ？」レイモンドが嘲笑った。「まわりくどい言い方をしたって、お前の目が節穴だって事実は変わんねェぞ」

「このブタ野郎、溶かすぞ」

シオリが私の家で暮らすようになって三日ほど経つが、少なくとも夜中に近所の子供をさらってきてバリバリ食べたり、部屋から不気味な唸《うな》り声が漏れ聞こえたり、彼女の影が巨大な山羊のように見えたりするということはなかった。

正味の話、家には寝に帰ってくるだけだった。あとはずっと、エスペランサ歌劇場でリハーサルを行っていた。

刈り取った草を、私は熊手を使って、一カ所にかき集めた。それからゴミ袋に詰め、指定されている地区のゴミ集積所へ持っていった。戻ってきたときには、アグリとレイモンドはゲラゲラ笑い合っていた。

「さてと」

私の声に、レイモンドが懐からウィスキーの小壜《こびん》を取り出す。

「今度のは大丈夫なんだろうね」すかさずアグリが難癖をつけた。「この前のは、けっきょく処女のじゃなかったからな」

「あのときのも、十三歳のだったんだぞ！」レイモンドが憤然となった。「十三歳で処女じゃないなんて、オレに分かるもんか！」

デビルズ・カットを作るには、処女の小水が必要となる。だったら、子供のものを使えばいいと思われるかもしれないが、そういうわけにはいかない。初潮を迎えていない子供を、悪魔たちは女と見なさないのだ。

私はその小壜を取り上げた。「では、これはどういった？」

「とある町医者が用意してくれたもんさ」

「町医者、ですか」

「患者の検尿を分けてもらったんだ」こんな不名誉なことはない、という感じでレイモンドは言葉を継いだ。「一筋縄じゃいかなかったぜ……分かるだろ？　普通にこっちの要望を伝えたって、怖がられるか、警察を呼ばれるかだ」

「それで、その町医者とはどのようにして？」

「どのようにしてって、まあ、不道徳な店で知り合ったんだ……おっと、これ以上は訊くなよ。どんな店かをお前たちに教えるつもりはねェからな！　とにかく、こっちの要望に寛大なやつらが出入りするような店だ」

「つまり、悪魔が好きそうな店だってことだね」

アグリが口をはさみ、私は頷いた。

「好きで行ったんじゃねェ！　オレはお前らのカットを作るために、恥を忍んでそんな店に行ったんだぞ！」

「分かっています」と、私。「私もアグリも、あなたのことを変態だなんて思っていませんよ、レイモンド」

「そうさ、レイモンド」と、アグリ。「もしお前がド変態だったら、ボクはもっとお前のことが好きになっているはずさ」

「お前に好かれるくらいなら、オレは聖歌隊にでも入るぜ」レイモンド・ホーはアグリを睨みつけ、私に顔を戻す。「こっちの要望を伝えたら、あの医者の野郎、ニンマリしやがった。ちくしょう、このオレを同類を見るような目で見やがった……とにかく、こっちの条件はちゃんと伝えてあるから、まあ、大丈夫だとは思う」

「『まあ、大丈夫だとは思う』？」アグリが噛みついた。「やい、この退屈な機械オタクめ。こっちは命懸けの戦いをやってんだぞ。なのに、『まあ、大丈夫だとは思う』だって？」

「今日び、処女を見つけるのがそんなに簡単だと思ってんのか⁉」レイモンドが怒鳴り返した。「たとえ見つけたって、どうやってアレを採取するんだ？『すみませんが、あなたのオシッコを少しばかり分けていただけますか』とでも頼むのか？いくら丁寧に頼んだって、ダメなものはダメだぞ。それにいいか、このくそったれの古本め、今日の処女が明日も処女だと思うなよ！」

これには、アグリも黙るしかなかった。

「イヤなら使うな」レイモンドがピシャリと言った。「ケッ、人の苦労も知らねェで……自分でカットを作ってみりゃいいんだ。そうすりゃ、そんな口は叩けねェだろうよ」

私が財布から謝礼を取り出すと、レイモンド・ホーはそれをひったくり、礼も言わずに帰っていった。

よほど腹に据えかねたのか、しばらくして、表玄関の扉を蹴飛ばす派手な音が聞こえてきた。

このようなとき、アグリは断固として、普通の本のふりをしているのだった。

連日のリハーサルで、シオリは気が立っていた。

割を食うのはたいてい例の舞台監督で、歌姫の罵声にハンチング帽は吹き飛び、いつも涙目になっていた。

「もう少し大人になって、シオリ。もうすぐ、わたくしたちの夢が叶うのよ。満員のエスペランサ歌劇場、割れんばかりの歓声、あなたの歌に心を救われる人たち……それは、あなた一人の力では叶えられないの」

いくらルピタが諫《いさ》めても、シオリは態度を改めなかった。あまつさえ、こう言い放った。

「それはあたしの夢じゃない……あたしの夢は、もっと小さくて、手で触れることができるものよ」

二人の鍔迫《つばぜ》り合いは、しかし、報道陣のカメラが向けられたとたん、跡形もなく消し飛ぶ。歌手とそのマネージャーは、エスペランサ歌劇場に立つことはずっと自分たちの希望《エスペランサ》だったと語り、そして、まるでこの世にたった二人の姉妹のように、お互いを気遣うコメントを出すのだった。

「シオリはコンサートまでもたないね」

アグリが心底うれしそうにそう言った。シオリの苛立《いらだ》ちに、堕落の兆しを見て取ったのだろう。激しすぎる怒りのあとにやって来るのは虚無で、空っぽの心には悪魔のための椅子が用意されるのだ。

「見てなよ、ユマ。そのうちなんかやらかすから」

ケッケッケッと笑いながら言ったアグリのこの予言は、残念ながら的中することになる。

その日も、シオリは他人には理解できないこだわりを存分に発揮し、舞台監督にさんざん当たり散らした。

ルピタの話によれば、この哀れな舞台監督は、別れた妻への慰謝料と、四人の子供たちの養育費をたっぷり絞り取られているので、どうあっても仕事を失うわけにはいかない。

だから、シオリに罵倒されて抜け殻のようになっても、トレードマークのハンチング帽を地面に叩きつけるわけにはいかなかった。

「もう、うんざり！」ヒステリックにわめき、彼のハンチング帽を頭からはたき落としたのは、シオリのほうだった。「あんたは、あたしの歌の意味をちっとも理解してない！歌詞をなぞるだけの演出なんて、お呼びじゃないの。希望なの、分かる？　希望！　希望のないところに希望が芽生える、そこを演出して」

「そ、それでは……シオリさん、具体的にはどのようにすれば――」

「それを考えるのが、あんたの仕事でしょ⁉」

シオリは虎のように吼《ほ》え、舞台監督をドンッと突き飛ばし、なんとかとりなそうとするルピタには目もくれず、叩きつけるようにドアを閉めて楽屋に閉じこもってしまったのだった。

舞台に取り残された舞台監督は、ままならない人生に耐えていくしかなかった。もちろん、シオリがヘソを曲げているあいだ、リハーサルは中断することになる。楽団のメンバーは時間給で雇われているので、リハーサルが長引けば長引くほど、ロス・ティグレス・エンターテインメント社の懐が痛む。

アーティストと会社の板ばさみになるのはいつだってマネージャーの宿命だが、この日、とうとうアンヘラ・グアダルペ・ゲレロがブチ切れた。

「いい加減になさい、シオリ！」内側から鍵のかけられたドアを、ルピタはガンガン叩いた。「コンサートまでもう一週間切ってるのよ！　あなたのワガママのせいで、舞台はまだ半分も完成してない。分かってるの？　このままだと、幕を開けることすらできなくなるかもしれないのよ⁉」

返事はない。

「ドアを開けなさい、シオリ！」

そう言いながらも、ルピタはのんびり待ってはいなかった。言い終わる前に、もうポケットから合鍵を取り出して鍵穴に挿し込んでいた。

「シオリ！」

楽屋のドアが、大きく開かれた。

凍りついたのは、ルピタだけではなかった。私も状況を理解するのに、二秒ほどかかった。

「あらら」懐のなかで、アグリがつぶやいた。「窓からだね」

開け放たれた窓からは、黄昏《たそがれ》の風が吹き込んでいた。

「シオリ！」ルピタが突進し、窓から頭を突き出して叫んだ。「シオリ、戻ってきなさい！　シオリ！」

ルピタの肩越しに覗くと、楽屋の窓から抜け出したシオリが、ちょうどタクシーに乗り込むところだった。

「あいつめ……」

ルピタが歯ぎしりをした。怒りのせいで、もともと見事な胸が、一段と大きくなったように見えた。

「なめんじゃないわよ……」ルピタがジャケットの内ポケットからひっぱり出したのは、GPS追跡デバイスだった。「あんたの考えなんて、ちゃんとお見とおしなのよ」

そんなわけで、私とルピタは（もちろん、アグリも）、彼女のフィアット500に飛び乗り、歌姫の追跡をする破目になったのである。

ありていに言えば、私たちの追跡は、あっという間に行き詰まった。ルピタはシオリの手の内をすっかり読んだと思っていたのだが、実際にはシオリのほうが一枚上手《うわて》だった。

追跡デバイスを頼りに私たちが辿《たど》り着いたのは、なんとイグアルダード通りにある女性の下着専門店だった。

その店にある一番大きなサイズのブラジャーのなかに、小さな発信機が捨てられていた。

私は感心したが、ルピタは激しく地団駄を踏んだ。

「やられたわ！」

私たちが途方に暮れていると、ダメ押しに「アンヘラ・グアダルペ・ゲレロ様でいらっしゃいますか？」と女性店員が寄って来た。

ルピタが頷くと、店員が「先ほどのお客様からメッセージをお預かりしております」と言って、紙切れを差し出した。そこには、こう書いてあった。

〈胸の大きさは、思慮深さと反比例する〉

「あんのアマぁ……」ルピタのこめかみに立った青筋は、今にも爆発しそうだった。

「今度こそ許さないからね……」

アグリが余計なことを言わないように、私は外套の上から彼を押さえつけた。

「大丈夫ですよ、ルピタ……なんとかなると思います」

そう声をかけると、彼女がすがるように見つめてきた。

私はイメージセンサーに内蔵された通信システムを使い、サン・ハドク自由警察の監視カメラ映像にアクセスした。

シオリの乗ったタクシーのナンバーは控えていたので、すぐに彼女がこの下着専門店にやって来たときの映像を、視覚スクリーンに呼び出すことができた。

二十六分四十一秒前、シオリはこの店の前にタクシーをつけた。彼女はタクシーを待たせ、店に駆け込み、二分十七秒後にふたたびタクシーに飛び乗り、イグアルダード通りを北へ向かって走り去った。

私はシオリの乗ったタクシーを追って、監視カメラの映像を次々に切り替えていった。

やがてタクシーはロリンズ通り——街への貢献を讃《たた》えるために、我が主《あるじ》デズモンド・ロリンズの名を取って付けられた繁華街——へと入っていった。

タクシーはロリンズ通りを走り、トレス・デセオス通りと交わる交差点で停まった。

「シオリさんは、トレス・デセオス通りに向かったようです」

「やっぱりだわ！」ルピタがはじけたように駆け出し、店の表に路上駐車しているフィアットに飛び込んだ。「やっぱりあの店だわ……分かってたのよ！」

タイヤを軋《きし》らせて急発進するフィアットに、私は危うく乗り損ねるところだった。

「飛ばすわよ！」

ルピタがグイッとステアリングを切る。通りを行き交う車などものともせずに派手なUターンをしたので、私は助手席で七転八倒した。

「あのアマぁ……今に見てなさい」

なんのためらいもなく赤信号を突っ切るルピタに、四方八方からクラクションがぶつけられる。

「ウッヒョー！」

このようなときに不謹慎な奇声を発するのはもちろんアグリだが、幸いなことに、頭に血がのぼっているルピタの耳には入らなかったようだ。

彼女は目を血走らせ、唇を凶暴に吊《つ》り上げ、他の車をどんどんごぼう抜きにしていった。悪魔が取り憑いているのは、シオリではなく、むしろルピタのほうなのではないかと私は疑った。

ともあれ、ルピタが悪魔のように車を飛ばしたおかげで、通常三十分ほどかかる距離を、私たちは十分ほどで走破した。

彼女がブレーキペダルをギュッと踏み込むと、フィアットが前のめりになってアスファルトの上を滑って停まった。

　私はダッシュボードに顎をしこたま打ちつけた。私はマニピュレイテッドだからいいようなものの、人間だったら血が出ていたかもしれない。

「心当たりはあるんですか？」車を降りるルピタに従って、私も汚れたアスファルトに降り立った。「この界隈では、一人歩きはあまりおすすめできませんよ」

　日はとっぷりと暮れ、トレス・デセオス通りのいたるところに怪しげなネオンがともっていた。

　通りを行き交う露出度の高い女たちは、トレス・デセオス通り名物の街娼である。路地で鋭い目を光らせている男たちは、娼婦のヒモでなければ、麻薬の売人だろう。

　カトリックにおいて「三つ」といえば父と子と聖霊だが、トレス・デセオス《三つの願い》通りにおけるそれは、私の見るところ、金、酒、女である。この三つの願いのせいで、夜な夜な命を落とす者が出る物騒な界隈だった。

　軒を連ねる酒場やストリップ小屋のなかからどうやってシオリを見つけるのだろうかと思っていると、ルピタはジーニーフォンで二カ所ほどに電話をかけただけで、あっさりと歌姫の居場所を突き止めてしまった。

「パルティ《分かったわ》」そう言って通話を切り上げると、彼女は私に顔をふり向けた。「蛇《じゃ》の道は蛇《へび》よ……デビューする前、シオリはこの辺で歌ってたの」

その酒場は、危険と言われているトレス・デセオス通りの、さらに奥まった路地の突き当たりにあった。

路地には胡乱《うろん》な男たちがたむろしていて、誰もがルピタの胸に対して、賞賛の口笛を吹いた。

〈ディープ・ブルー・シー〉という酒場は煉瓦造りで、その名のとおり店内は仄暗《ほのぐら》く、青く、深海を思わせた。

私たちが店に入ったとき、ちょうどピアノ弾きが静かに鍵盤を叩き始めた。清冽《せいれつ》な雫《しずく》のように、ピアノの音はキラキラと滴り落ちて、たちまち私たちをやさしく包み込んだ。

青いスポットライトを浴びたシオリが、ステージの真ん中に立っていた。

そちらへ行きかけた私を引き止めたのは、驚いたことに、ルピタだった。彼女は無言で首を横にふった。

私は頷いた。

シオリは目を閉じていた。さざ波のように押し寄せるピアノの音に、たゆたっているようだった。

それから、静かに目を開いた。

なにもないの
お金も、友達も
それでも、わたしは
生きてきた

彼女の唇からほとばしる歌声は、美しいピアノの旋律とからまり、たちまち酒場の客たちを虜《とりこ》にした。

持ち上げられたカクテルグラスは、そのまま空中に留《とど》まっていた。女を口説いていた伊達《だて》男は、その女の腰に腕をまわしたまま、ステージを凝視していた。

誰もが、シオリの歌に釘付けになった。時間が止まってしまったような酒場のなかで、音楽だけが、青い魚のように自由だった。

芸術を情報とマトリックスでしか理解できない私のようなマニピュレイテッドにも、シオリの歌にこめられた想いが、なんとなく分かるような気がした。それは、たぶん——喪失の悲しみ。

なにもないのよ
心も、魂も
それでも、わたしには
あなたがいる

「シオリの歌、いいだろ?」いつの間にか、アグリが外套の襟元まで這《は》い上がってきていた。

「そうですね」私は答えた。

「魂に直接触れてくる感じだよね」

「そういうものですか」

「彼女、たぶん憑いてるよ……じゃなきゃ、あんなふうには歌えない」

シオリの歌には、たしかになにかがある。

人の心を惑わす、なにかが。

私はホルヘ・アコスタとの面会を思い出していた。あの老人は自由都市サン・ハドク異端審問七人委員会のメンバーで、『ブラック・フラワーズ』の配信停止を求めてシオリを銃撃した。彼が管理運営している孤児院、〈希望の家《カサ・エスペランサ》〉で暮らしているミゲルという男の子が、『ブラック・フラワーズ』を聴いて暴れたためだ。

もし悪魔が音楽にも取り憑くのなら、とホルへ・アコスタは言った。音楽と魂は、もはや見分けがつかんな。

そして、こうも言った――主《しゅ》は与え、主は奪う。

もしも悪魔のやり口が主と同じだとしたら、悪魔はシオリになにを与え、なにを奪うのだろう？

ルピタの頬を、涙が流れ落ちていた。

「『ナッシング・バット・ユー《あなただけ》』」ルピタは、かすれた声を絞り出した。「これは、シオリが……シオリが初めて作った歌なんです」

私は頷き、アグリは自分から鳴りをひそめた。

「歌手になること、お金持ちになること……」ぽつり、ぽつり、と言葉を重ねるルピタ。「なにもかも、二人で摑み取ってきました。あとひとつで、わたくしたちが思い描いていた夢がすべて叶います」

「それは、エスペランサ歌劇場でのコンサートですね」

「あそこは、わたくしたちにとって特別な場所なんです」彼女はハンカチで涙をぬぐった。「子供の頃、テレビでエスペランサ歌劇場のコンサートを観ました。わたくしとシオリは、一瞬で心を奪われました。華やかな世界、まばゆいスポットライト、スタンディングオベーション……あの場所に立てるなら、どんなことでもしようと二人で誓いました」

「………」

私は気になっていることを尋ねようと口を開きかけたが、けっきょくなにも言えずじまいだった。

歌が終わると、割れんばかりの拍手と歓声が、場末の酒場に響き渡った。

ステージ上のシオリが私たちに気づき、にっこり笑って手をふる。ルピタは怒っているふりをしていたが、笑いたいのを我慢しているのは、傍目《はため》にも明らかだった。

ピアノ弾きが軽快なブーガルーを叩きだすと、何組かのカップルが席を立って踊りだした。

バンドのパーカッションやベースが重なる。

シオリの歌が入る頃には、ルピタでさえ眼鏡を投げ飛ばし、私の手を取ってダンスフロアへひっぱっていかずにはいられなかった。

私は驚かなかった。ダンスなら、デズモンド・ロリンズの練習相手を何年も務めてきたのだ。

私とルピタは電光石火のステップを踏んで、他の者たちを圧倒した。私は彼女を持ち上げ、彼女は私のまわりを挑発的にクルクルまわった。私は仰《の》け反《ぞ》る彼女の背を支え、彼女は情熱的に私の首にしがみついた。

ルピタの緑色の瞳が、艶《なま》めかしく燃えていた。

体を密着させて踊る私たちを見て、シオリの歌は一段とのびやかになった。リハーサルではついぞ聴けなかった、今、この瞬間を心から楽しんでいるような歌声だった。

私の懐から飛び出したアグリが、奇声を発しながら、人々の頭上をピョンピョン飛び跳ねた。

気にする者は、いなかった。

バンドの演奏は熱を帯び、リズムは加速した。誰もが踊り狂い、歓声をあげ、そして笑っていた。

もちろん、シオリとルピタも。

人々の三つの願い《トレス・デセオス》をすべて呑《の》み込んで、サン・ハドク一危険な街の夜は、こうして更けていった。

08

マニーに歌姫は守れない

〈ディープ・ブルー・シー〉での奇跡の一夜は、しかし、シオリとルピタの関係をさほど改善しなかった。

気に食わないことがあると、シオリは相変わらず舞台監督に当たり散らしたし、それはルピタに対しても同じだった。

「教えてよ、ルピタ……エスペランサ歌劇場で歌うのと、安酒場で歌うのと、どんな違いがあるっていうの？」

「ぜんぜん違うじゃない！　ねえ、思い出してよ、シオリ……この舞台はわたくしたちの夢だったでしょ？」

「あんたは夢に食べられちゃってる！」

ルピタはルピタで、始終シオリのあとにくっついて、口うるさい小姑《こじゅうと》のように、やいのやいの言っていた。

「もっとバンドの調和を大事にしてよ……コンサートには音楽評論家たちも招待してるのよ。このままじゃ――」

「調和なんて、ただの形式でしょ？」シオリは耳をふさいで、わめき散らした。「形式どおりに歌うのは、その辺のマニーにだってできる。形式をぶっ壊したその先に、あたしの見たい景色はあるの！」

悪いことに、衝突は歌劇場のなかだけでなく、外でも起きていた。言うまでもなく、マニピュレイテッド差別派と、擁護派の衝突である。

歌劇場前の広場に集結した両陣営は、拡声器を使ってお互いを非難した。プラカードが林立し、人々が怒鳴り合っていた。

そんな最中《さなか》、襲撃はひっそりと開始された。

本番の通しリハーサルをしていたとき、シオリの頭上から照明器具が落下した。

それが、最初の一撃だった。

ステージには、シオリの立ち位置を決めるために、ビニールテープでバツ印がつけてあった。まるで狙いすましたかのように、照明はそのバツ印を目がけて落ちてきたのである。

もしシオリがおとなしく舞台監督の言いなりになるような歌手なら、大惨事になっていただろう。しかし、彼女はこの舞台監督を心底軽蔑していたので、このときも難をまぬがれたのだった。

歌姫は激怒し、照明を設置したスタッフをどやしつけたが、ついでに舞台監督にも罵詈雑言を浴びせた。

「あんたたちは自覚が足りない！　舞台監督にとって舞台を台無しにされること、照明屋にとって照明が落ちること……それは、あたしにとって歌詞を忘れることと同じなのよ！」

シオリをなだめるために、ルピタは照明係を一人クビにしなければならなかった。

その翌日、今度はプラカードを持った一団が、歌劇場のなかへなだれ込んできた。歌劇場の出入口には、すべて警備員が配置されている。言うまでもなく、不審者をなかに入れないためだ。

しかし、このときはどういうわけか、十人近くのマニピュレイテッド差別派にすんなりと入られてしまった。

〈マニーに歌姫は守れない！〉

〈No Manny, No Trouble!（マニーがいなければ問題も起こらない）〉

彼らの掲げるプラカードはそう謳《うた》っていたが、彼らが口々に叫んでいたのも、だいたい同じようなことだった。

私としては、このような場面には慣れていた。それどころか、人間に恨まれるのは、マニピュレイテッドの宿命だとすでに学習済みだった。

が、シオリはそうではなかった。どちらかといえば、世間に差別派寄りだと思われていた彼女が、憤然と闖入者《ちんにゅうしゃ》たちの前に立ちはだかったのである。

「ユマはあたしの大事なスタッフよ」彼女はためらうことなく言い放った。「あたしが誰をスタッフにして、誰をスタッフにしないか、あんたたちにとやかく言われる筋合いはない」

「でも、あなたは両親をマニーに殺されてるんですよ⁉」差別派の連中が、いきり立った。「なのに、どうしてマニーをボディガードなんかに雇うんですか⁉」

「たしかに、溶鉱炉送りにしたほうがいいマニーはたくさんいる」

連中は沈黙し、互いに顔を見合わせた。

「死刑にしたほうがいい人間がたくさんいるようにね」

「…………！」

「なにもかもいっしょくたにするのは、なにも考えてない証拠よ」シオリは吐き捨てるように、そう言った。「あたしをあんたたちと一緒にしないで」

差別派の連中が警備員に追い出されたあとで、私はシオリに礼を言った。

「べつに」彼女は私の顔を見ようともしなかった。「あんたみたいな金持ちのマニーは、ぶっちゃけ、溶鉱炉送りになればいいって思ってるし」

「…………」

きびすを返して立ち去るシオリを、私はただ見送ることしかできなかった。

「あぁあ、嫌われちゃってるね」懐から顔を覗かせながら、アグリがおかしそうに笑った。「まあ、お前は退屈なマニーだから、無理もないけどね」

この次に起こったことは、もっと決定的だった。

シオリがまた銃撃されたのである。それはコンサートを三日後に控えた、蒸し暑い水曜日の午後だった。

私はいつものように、自宅から車で――この日は黒のフェラーリ812スーパーファストだった――、シオリをエスペランサ歌劇場へ送り届けた。

いつものように歌劇場の裏へまわり、従業員専用の通用口からなかへ入ろうとした。いつものように歌劇場正面の五月十日広場では、マニピュレイテッド差別派と擁護派がいがみ合っていた。車中のシオリはいつものようにひと言も口をきかず、そして、いつものように裏口でルピタが待っていた。

いつもと違っていたのは、通用口にいた二人の警備員の顔ぶれだった。

私はフロントガラス越しに、ルピタを見た。

ルピタが頷いた――というか、私の目には頷いたように見えた。私はそれを、「新しい警備員たちはなにも問題はない」という意味に受け止めた。

だから車を停め、窓を下ろした。

運転席のほうへまわってきた警備員は頷き、それから車内に手を差し込んできたが、その手には拳銃が握り締められていた。

「！」

私はとっさに、銃口とシオリのあいだに体を割り込ませた。


バンッ！　バンッ！


銃声が車のなかで爆《は》ぜた。

二発の銃弾はどちらも私の胸に命中した。その瞬間、銃弾が電磁波を放ってスパークした。それで、その銃弾が通称「マニー殺し」のホローポイント電磁弾だと分かった。

「！」

同時に、もう一人の警備員がフロントガラスの先で発砲してきた。フロントガラスに当たった弾丸は、やはり電磁波をスパークさせた。

しかし、「マニー殺し」はフロントガラスにヒビを入れただけで、貫通することはできなかった。デズモンド・ロリンズは、彼の所有するすべての車のガラスを、防弾仕様にしていたのだ。

腕で顔をかばっていたシオリは、自分が撃たれていないことが信じられないようだった。しきりに、まばたきを繰り返していた。

マニー殺しを撃ち込まれると、マニピュレイテッドは電子回路が狂い、動けなくなる。

つまり、この襲撃の標的はシオリではなく、私だということか？

が、私は動くことができた。

男の前腕を捕まえると、ぐっと車内に引き込み、拳銃を叩き落とした。なぜ動けるのだろうと訝しんだが、そのとき私の胸が、ボッ、と発火した。

「！」

「痛《い》ってェなぁ、この野郎……」

私の外套を焼きながら顔を出したのは、ページのあいだから焔《ほむら》を噴いているアグリだった。

その表紙には、見事な銃痕がふたつ開いていた。

「ボクを撃ったのは、お前かぁ……？」

しゃべる本を目の当たりにした偽警備員は、ひっ、と悲鳴をあげた。

私のかわりにアグリが被弾したのは幸いだが、喜んでばかりもいられない。拳銃で撃たれて怒り心頭の我が相棒は、すっかりまわりが見えなくなっていた。銃撃犯を溶かすことしか、頭になかった（本に頭があるとしてだが）。

「逃げてください！」

私は助手席のシオリに叫んだ。

が、遅かった。

ボッ！

銃撃犯が一瞬にして炎に包まれた。

「ギャアアアア！」

火だるまになった彼は、もう一人の偽警備員のほうへヨロヨロ歩いていく。あの非科学的なゾンビのように、両腕を突き出しながら。

「あわあわあわあわ……」燃えていないほうの偽警備員が腰砕けになる。「く、来るな……こっちに来るな……」

「……お前もかぁ」アグリは自分でページを開き、牙だらけの口を歪《ゆが》めた。「骨も残さずに溶かしてやる」

燃えているほうの男が、バタリと倒れる。火が風に煽《あお》られて大きくなり、今や手がつけられない状態だった。

もう一人の偽警備員が回れ右をし、尻を蹴飛ばされた馬のように駆け出す。

私はそれどころではなかった。車のなかで、アグリの怒りの火焔《かえん》は私を包み、当然のことながら、シオリをも呑み込んでいた。

「アグリ！」私は燃え盛る本をどやしつけた。「落ち着いてください、アグリ！　このままだと、あなたの好きなシオリさんが黒焦げですよ！」

「うるさい！　みんな、溶かしてやる！」

アグリがわめき終わる前に、突然、視界が真っ白になった。なにかが、激しい勢いで噴きつけてくる。


シューッ！


「うわっ！」さすがのアグリも、目をパチクリさせた（本に目があるとしてだが）。「なんだ、これ!?」

なにがなんだか分からなかったが、車内に充満した白い霧に驚いて、我が相棒は炎を収めてくれた。

「早く車から離れて！」消火剤を噴射しながら、ルピタが叫んだ。「車に引火しました！」

シオリがドアを開けて、ころがり出る。

「私は大丈夫です！」私も運転席から飛び出した。「シオリさんをお願いします！」

ルピタは地面に倒れたシオリを、消火剤まみれにした。

私は外套どころか、シャツすらも灰になっていた。上半身を剝き出したまま、私は車首をまわり込み、シオリを抱えて車から離れた。

シオリを安全な場所へ避難させた私は、燃え盛るフェラーリへ取って返した。

「なにをするの、ユマ⁉」ルピタが叫んだ。

「彼を助けます！」

私はなにも、命というものを大切に思っていたわけではない。私たちマニピュレイテッドは、そんなことでは動かない。

私のイメージセンサーは、あの偽警備員から約七十六パーセントの確率で、銃撃を指示した者を割り出せると算出していた。

しかし、私は彼を救えなかった。

ボンッ！

燃料タンクに引火したのだろう、フェラーリの黒い車体が浮き上がるほどの大爆発が起こった。

私は爆風で吹き飛ばされたが、車のすぐそばに倒れていた偽警備員は、私よりも派手に吹き飛ばされた。そのせいで、私のイメージセンサーは彼の生存確率について、かなり楽観的な数字をはじき出した。

〈1・4％〉

つまり、控え目に見積もっても、彼はすでに死人だった。

「ユマ！　ここだよ、ユマ！」

煤《すす》まみれのアグリが、表紙をバタバタさせて私を呼んでいた。我が相棒を拾い上げ、急いでシオリのほうへ向かう。

「ボクが悪いんじゃないよね？　ボクが悪いんじゃないよね？」

「黙っててください」

私はアグリを腰のうしろに挿し込んだ。

「シオリ！」ルピタが地面にへたり込み、ぐったりしているシオリを抱いて泣いていた。「シオリ……ああ、どうしてこんなことに……シオリ、お願いだから、目を開けて、シオリ――」

すっかり取り乱していたおかげで、ルピタは私が火傷《やけど》ひとつ負っていないことに気づいていなかった。

私とアグリのあいだには、デズモンド・ロリンズから引き継いだ契約がある。いつの日か、私が魂を得たら、それはアグリのものになる。しかしそれまでは、アグリには私を傷つけることはできない。つまり、アグリの炎は私には効かない。そう、私だけにはだが、たとえルピタが私の秘密に気づかなくとも、私のほうは気がついてしまった。

気づかないわけがない。

「！」

それで、納得がいった。

襲撃犯たちは、やはりシオリを狙っていたのだ。あの「マニー殺し」は、シオリを仕留めるために用意されたものだ。

もしくは、シオリと私の二人を。

私は泣きじゃくるルピタを見下ろし、それから、ひどい火傷――それを火傷と呼べればだが――を負ったシオリに目を移した。

焼けただれたシオリの左半身は、人工皮膚が溶け、その下からファインセラミックス製の骨格が覗いていた。

09

真夜中まであと2分

「火傷は問題じゃねェ……人工皮膚は倉庫にストックしてあっから、貼り替えりゃ済む」レイモンド・ホーは眉間にしわを寄せ、作業台に横たえたシオリを見下ろした。「問題は煙だ」

私は頷いた。

ルピタが、泣き腫らした顔を上げる。

「マニピュレイテッドの大敵は三つあります」私は説明してやった。「電磁波、塩……そして、煙です」

「精密機械はどれもそうさ」レイモンドが補足する。「この三つはいつだって命取りなんだよ。体内の熱を冷やすために、マニーだって呼吸する。オレらと同じように、鼻が給気孔になってんだ……シオリは煙を大量に吸い込んじまったんだ」

「ふだんであれば、煙を感知したら、私たちは自動的に給気をストップします」と、私。「しかし、おそらくあのとき私に撃ち込まれた電磁弾のスパークのせいで、シオリさんの回路が異常をきたしたのだと思います。それで給気孔が閉じなかったのだと――」

「でも!」ルピタが声を張りあげた。「でも……あなたはなんともないわ」

アグリとの契約のことを口外するわけにはいかないので、私はただ曖昧に首をふることしかできなかった。

「ユマは運がよかったんだ」レイモンドが助け舟を出してくれた。「同じ事故に巻き込まれたって、死ぬやつもいりゃ、かすり傷ひとつ負わねェやつもいる……そういうもんだろ？」

ルピタが、またひとしきり泣いた。

「どうなんですか？」私はレイモンドに向き直った。「シオリさんを再起動させることはできそうですか？」

「なんとも言えねェな」レイモンドは溜息をつき、肩をすくめた。「とにかく、体を開けてみねェことには……もし、イメージセンサーを交換しなきゃなんねェとしたら、初期化しなきゃならなくなる」

「そんな！」ルピタがレイモンドにすがりついた。「そんなことをしたら、シオリは……シオリは――」

誰もその一言を口にしなかった。「記憶がなくなってしまう」という、取り返しのつかない一言を。

作業台のシオリは、左半身が焼けただれていた。私の目には、もう彼女がただの物質に見え始めていた。

もし私たちが人間なら、私は傷ついた彼女の体のなかに、どうあっても傷つかない魂の痕跡を探したことだろう。

なぜなら、それが人間たちのやることだからだ。

人間にとって魂は慰めであり、記憶であり、受け継がれるものだが、残念なことにシオリはマニピュレイテッドだし、私もマニピュレイテッドだった。

「では、私はそろそろ失礼します」

私がそう言うと、ルピタが驚いたようにふり向いた。

「そろそろバッテリーを充電しなければなりませんし、明日もやらねばならないことがありますので」

「やらなきゃならないこと……？」

「明日は庭の薔薇に肥料をやって、屋敷の雨樋《あまどい》の掃除をするつもりです」

「なに……それ？」ルピタの顔を戸惑いがよぎる。「こんなときに……なにを言ってるんですか？　今はシオリが——」

「警察には手をまわしておきました。今日のことがマスコミに漏れることはないはずです。シオリさんのことで、もう私にできることはなにもありません」マニピュレイテッドである私は、これ以上、レイモンドの工房にいる必要性をどうしても認めることができなかった。「イメージセンサーが壊れていたら、交換するしかありません」

「そんなことをしたら……」ルピタが吼えた。「そんなことをしたら、シオリはシオリでなくなってしまうのよ！」

「しかし、イメージセンサーを交換しないなら、彼女は溶鉱炉行きです」

「おい、ユマ」レイモンドが諭《さと》すように言った。「そりゃ言いすぎだぞ」

「事実を述べたまでです」

「そりゃそうだが――」

「しょせん、あなたもマニーなんですね」ルピタの声は、怒りに打ち震えていた。「どうぞ、帰ってください……帰って、人間にプログラミングされた日課にかまけてるといいわ」

「そうさせていただきます」ルピタに頭を下げてから、私はレイモンドに言った。「車を貸していただけますか？　私のは燃えてしまったので」

レイモンドは作業着のポケットから車の鍵を取り出し、私に放り投げた。それから、まるで野良犬でも追い払うように、手をふった。

「外部のプラットホームにメモリのバックアップはとってねェのか？」

ルピタが首をふる。それがレイモンドの質問に対する答えなのか、それとも分からないという返事なのか、私にはなんとも言えなかった。

「大事なメモリなら、バックアップをとってるはずだよ」工房を出ていく私の耳に、レイモンドの声が届いた。「とにかく、こりゃ徹夜仕事になりそうだな」

人間たちの目に、もう私は入っていなかった。

レイモンドのピックアップトラックは、走っているのが奇跡なくらいのポンコツだった。

ギアを入れ替えるたびに、断末魔のような音がする。

家へ向かう道すがら、アグリはずっとむっつり黙りこくっていた。彼がようやく口を開いたのは、ほぼ家に帰り着いた頃だった。

「こりゃ大問題だね」出し抜けに、そう言った。

「はい」私は応じた。どうやら、私たちは同じことを考えていたようだ。「ゆゆしき問題です」

「もしシオリに悪魔が憑いているとしたら、そいつを絶対にとっ捕まえなきゃだね」

「はい」

「わあ、マニピュレイテッドに憑く悪魔かぁ！」

「…………」

「そんなの、初めてだよ」

シオリをひどい目に遭わせたばかりだというのに、我が相棒はもうケロッとしていた。

アグリも悪魔の端くれなので、マニピュレイテッドが死のうがどうしようが、痛くも痒くもないのだ。

「どんなやつだろうね？　楽しみだね……ね、ユマ、楽しみだね？」

期待と同じくらい、私には疑問でもあった。

シオリに悪魔が憑いているのなら、そいつは有史以来初めて、マニピュレイテッドのなかに魂を見出《みいだ》した悪魔だということになる。

ホルヘ・アコスタの言うように、音楽と魂が同じものだとすれば、その悪魔はシオリの声に憑いたのかもしれない。

いずれにせよ、と私は思った。その悪魔を首尾よく捕まえることができれば、ルキフエルへと続く扉の在り処が分かるかもしれない。そう、少なくともその手掛かりくらいは。

「でも」と、アグリが気落ちした声を出した。「きっと違うんだろうなあ」

「ええ」私は応じた。「おそらく」

宿主が殺されかけているのに、なにもせずにただ指をくわえている悪魔など、いるはずがないからだ。

「これからどうするの、ユマ？」

私はステアリングを切り、リモコンで屋敷の門を開け、ガタピシいうピックアップトラックを私道に乗り入れた。

「やらなくてはならないことを、やります」

ゆっくりと車を走らせ、屋敷の前で停めた。

「うん、そうだね」車を降りる前に、アグリが言った。「やらなきゃなんないことを、やるだけだよね」

陽は落ちかけており、黄昏が屋敷の白壁を朱に染めていた。

家に入ると、私はまず焼け焦げた衣服を脱ぎ捨て、作業着に着替えた。それから、明日やるべきはずだったことに取りかかった。すなわち、庭の薔薇に肥料をやり、雨樋に詰まった落ち葉をきれいに掃除した。

作業が終わる頃には、夕闇が静かに辺りを覆っていた。夜空には、星がまたたいていた。

家に入り、シャワーを浴びる。

体の汚れがすっかり落ちると、裸のまま寝室へ行き、クローゼットを引き開けた。なかには、寸分たがわぬ黒いスーツが二十着ほどかかっている。

私は手前から一着取り出し、丁寧に着込んでいった。人は人を見た目で判断する――デズモンド・ロリンズからは、そのように教えられた。

姿見の前で、黒いネクタイを締める。革製のホルスターを胸につけ、リボルバーを挿した。

　身支度を整え、これまた焼けたものと寸分たがわぬ黒い外套を羽織り、客間のテーブルからアグリを取り上げた。

　一年中着ているこの外套は、夏には厚すぎ、冬には薄すぎる。しかし、この国では誰も気にしない。私がマニピュレイテッドだからではない。私には理解できないことだが、すべての宗教には苦行というものがあり、常に我が身を試練にさらす者たちがいるからだ。

「レイモンドのやつがまだ食われてなきゃいいけどね」アグリの口調には、まあ、それはそれで面白いけどね、という響きがあった。「カットは持った?」

「はい」

　そのまま車庫に直結しているエレベーターに乗る。

　エレベーターを降りると、ズラリと駐《と》まった黒い車が私たちを待っていた。

　車のキーを収めた壁のパネルを開ける。三十あるキーのなかから、私は一番目立たない車を選んだ。

「マグニフィコ《すばらしい》。それが一番尾行に適してるもんね……まあ、このなかじゃ比較的適してるって意味だけど」

　私たちは車に乗り込んだ。

エンジンをかけると、静かな振動が全身に広がった。アグリの言うとおり、デズモンド・ロリンズのカー・コレクションのなかでは、このジャガーXJがもっとも尾行に適しているだろう。そう、比較的に。

「アイアン・メイデン！」アグリの声に反応して、カーステレオが青白い光を放つ。

「『2 Minutes to Midnight』」

凶暴で疾走感のあるギターのリフレインが、スピーカーを吹き飛ばす勢いで飛び出した。

「……曲を変えてもいいですか？」

「絶対ダメだね！」アグリが叫んだ。「イェーイ！　焼き尽くせ！　胎児を引きずり出せ！」

「…………」

ボーカルが叫ぶ、悪夢の到来を告げる祝砲のように。

私はステアリングを切り、爆音のヘヴィ・メタルを轟かせながら、一路レイモンド・ホーの工房へと車を走らせた。

真夜中の二分前——それまでには、おそらくなんらかの動きがあるだろう。

10

つまらない答え

「ビンゴ」

アグリに言われるまでもなく、私にもちゃんと見えていた。

車内時計に目を走らせると、午後十一時三十四分。つまり、レイモンドの工房を見張り始めてから、すでに二時間ほどが経っていた。

フロントガラスに目を戻す。

ドアを開け放ったまま工房から出てきたルピタは、ジーニーフォンで誰かとやりとりをしていた。声までは聞き取れなかったが、その顔は怒りに歪んでいた。私たちに気づくことなく、足早に自分のフィアットに乗り込むと、すぐにヘッドライトがともった。

「シオリのほうはどうする？」

「私にできることは、なにもありませんから」

「血も涙もないマニーめ」アグリが、ケッケッケッ、と笑った。「そう言うと思ったよ」

土埃《つちぼこり》を巻き上げながら工房の敷地を飛び出していくフィアットに目を向けたまま、私はジャガーのエンジンに火を入れた。

「音楽をかけてもいい？」

「あまりうるさくないものなら」

アグリがかけたのは、シオリの『ブラック・フラワーズ』だった。

私はしかるべき車間を保って、ルピタのフィアット500を追った。リベルタード通りに入ると、彼女は速度をぐんっと上げた。

ルピタの苛立ちが見て取れる運転だった。先行車輌を追い抜き、追い抜けないときは、盛大にクラクションを鳴らしていく。

そんな車を尾行することは、不可能である。もし私が彼女のペースで運転したら、たちまちルピタは尾行されていることに気づくだろう。

だから、視界をぐんぐん遠ざかるフィアットを、私は敢えて追わない。そのかわり、コンソールパネルのモニターに命じた。

「追跡開始」

私の声を認識した車は、サン・ハドクの街路図をモニターに表示した。赤い光点が、点滅しながらリベルタード通りを北へと折れていく。

レイモンド・ホーの工房で待機していた二時間、私はなにもボサッとしていたわけではない。ルピタの車に発信機を付けるくらいのことは、やっている。

「トレス・デセオス通りのほうへ行くみたいだね」アグリがモニターを読んだ。「あっ！ユマ、その先から近道できるよ」

言われるまでもない。

私はステアリングを切り、リベルタード通りを外れ、車を細い路地へと流し込む。加速し、いくつか角を曲がると、イグアルダード通りに出た。その大通りを横切り、また小路へと飛び込む。そのまましばらく走ってから、私はトレス・デセオス通り――数日前にシオリが歌った酒場のある界隈――で、車を停めた。

「ルピタは今、イグアルダード通りを出たところだよ」

モニターに目を移すと、フィアットを示す光点が、私たちの背後から近づいてきている。あと数分で、追いついてくるだろう。

助手席側の窓を、誰かがコツコツ叩く。

見やると、派手な服を着た女性が車のなかを覗き込んでいた。

アグリが瞬時に、ただの本に戻る。

私は運転席のスイッチを押して、窓を開けてやった。

「ハーイ」女がにっこり笑った。「もしかしたら、お楽しみを探してるんじゃないかと思って」

娼婦だ。

「いいえ」私は丁寧に答えた。「ちょっと人を待ってるだけなんです」

「へぇえ」女の目が悪戯っぽくまたたく。「当ててやろうか……その待ち人ってのは、女だろ？」

「なぜ分かるんですか？」

女はひとしきり豪快に笑った。

「あたしが言いたいのはね、ハニー、あたしと楽しんだあとで、その人とも楽しめばいいんじゃなぁいってことさ」

モニターに目を走らせる。ルピタはすぐそこまで来ていた。

「どうやら、あんたはマニーのようにお固い人みたいだね」

その一言が、私を引きつけた。

「あたしに言わせりゃ、人とマニーの違いはたったひとつさ……明日のことなんか考えないで、今を楽しめるかどうかだよ」

なるほど、と思った。たしかにマニピュレイテッドには、そんな芸当はできない。

当惑したルピタの顔が、眼間《まなかい》に揺れた。私が「明日は庭の薔薇に肥料をやって、屋敷の雨樋の掃除をするつもりです」と言ったときの、彼女の顔が。「こんなときに……なにを言ってるんですか？」唇を震わせながら、ルピタは非難した。「今はシオリが――」

明日、私は庭の手入れなどしないだろう。

なぜなら、すでに今日済ませたからだ。

それではなぜ、私は明日の仕事を、今日してしまったのか？

なぜなら、万一、明日庭の手入れができなければ、薔薇たちが困ったことになるからだ。だから私は、できるときに、できることをした。確実なのは、そう、今だけなのだから。

認めないわけにはいかない――私はルピタに、明日のことなど言うべきではなかった。思わず、胸に手を当ててしまった。この感覚はなんだろう？　胸のなかで、回路が小さな火花を散らしたような、この感覚は。

「胸が痛んだのかい？」優雅に立ち去る前に、娼婦が言った。「じゃあ、あんたにもまだ救いはあるよ」

「来たよ」アグリが鋭くささやいた。

私はシフトレバーを〈ドライヴ〉に入れ、ルピタのフィアットが追い抜くのを待ってから、車を発進させた。

「娼婦の英知ってやつだね」アグリが、からかった。「破滅に片足をつっ込んでる人の言葉って、やっぱり重みが違うね」

「………」

フロントガラスに映るフィアットのテールランプは、徐々に速度を落とし、トレス・デセオス通りの外れに建つビルの前で停まった。

私はブレーキを踏んだ。フィアットから降り、その傾きかけたビルへと駆け込んでいくルピタの姿を認めた。

サン・ハドクが自由都市になる遥か前に建てられたような、雑居ビルだった。三階建てで、落書きだらけの外壁は、ところどころ剝げていた。電信柱から、違法に電線を引き込んでいる部屋も見受けられる。音楽や、怒鳴り声や、赤ん坊の泣き声などが聞こえた。

「どうするの、ユマ？」

「しばらく様子を見ようと思います」

長くはかからなかった。

私がエンジンの火を落とした二分後、ルピタの入っていったビルから銃声が聞こえてきたのだ。

「！」

アグリを助手席からひったくると、私は急いで車を飛び出した。私たちが汚れたアスファルトに降り立つが早いか、ガラスの砕け散る音が耳朶を打ち、なにかがビルから落下してきた。

ドンッ！

「………⁉」

衝撃とともにジャガーＸＪのボンネットに落ちてきたのは、血まみれの男だった。派手にへこんだボンネットの上で、男がうめく。私は彼に駆け寄った。

「大丈夫ですか⁉」

「あの女、人間じゃねェ……」男は白目を剝いたまま、血と一緒に声を絞り出した。「ちくしょう……オレらを殺して、口を封じるつもりなんだ」

「………！」

「そうはさせねェ……」男はどうにか、私に目の焦点を合わせようとしていた。「オレらにマニー殺しを頼んでおいて……用が済めばお払い箱になんか……」

「！」

耳にしたことが、にわかには信じられなかった。この男は、私とシオリを襲って逃げた男ではない。つまり、他にもまだ仲間がいたということか。

アグリに目を走らせると、我が相棒も私と同じように感じているのが、手に取るように分かった。

「お前が考えていることは分かるよ、ユマ」アグリが溜息をついた。「ボクだって残念だよ……今日一日だけで、車を二台も壊しちゃったんだもんね」

「そっちですかっ⁉」意思疎通に問題のある相棒のほうはさておき、私は血まみれの男の上体を抱き起こした。「どういうことですか⁉　ルピタがあなたたちに、マニーを破壊してくれと頼んだのですか？　あなたたちの仲間は、何人いるんですか⁉」

が、男にはそれ以上、しゃべる力は残されていなかった。彼の生命徴候《バイタルサイン》は、恐ろしい勢いでゼロに近づいていた。

銃声が私の意識を鷲掴《わしづか》みにする。

「！」

見上げると、真上の部屋でまた銃声が轟いた。拳銃の発火炎《マズルフラッシュ》のせいで、割れた窓のなかが明滅した。

私は死にかけている男をアスファルトに下ろしてから、ビルに飛び込み、一気に三階まで駆け上がった。

目的の部屋はすぐに分かった。銃声がするたびに、開け放たれたドアから、マズルフラッシュが漏れた。

「ルピタさん！」

私の声に、ルピタがゆっくりとふり返る。

「その男を……その男を放してください」

髪を逆立てた彼女は、片手で男の首を掴んで持ち上げていた。男は口から泡を噴き、宙であがいていた。

私は両手を挙げ、なるべく刺激しないように彼女を制した。

「その男は……昼間逃げた、もう一人の偽警備員ですね？」

ルピタには、私の言葉が分からないようだった。彼女の目は、真っ赤に血走っていた。それだけではない。

彼女の瞳孔は、まるでネコ科の獣のように、上下に細長くなっていた。

荒い呼吸を繰り返しながら、ルピタは私を睨みつけた。私の目には、彼女がニヤリと笑ったように見えた。

次の瞬間、
ボキッ！

持ち上げられていた男の首が、明後日《あさって》のほうへねじれた。宙でもがいていた足が、脱力する。

痙攣《けいれん》する男を、ルピタは無造作に投げ捨てた。

「あぁあ、完璧な攻撃タイプだねえ」

まるでアグリのつぶやきを聞きつけたかのように、ルピタが突進してくる。

「！」

私は上体をかがめて、初撃をかわした。鋭い爪の生えた手が、空を切る。そのとき、彼女の吐息に硫黄《いおう》の臭いが混じっていることに気づいた。

次撃もかわすと、勢いあまったルピタの手が、コンクリートの壁を砕いた。

「面倒くさいからさ、もう仕留めちゃったら？」アグリが他人の不幸を嘲笑う感じで助言した。「今なら瞬殺じゃん？」

たしかに、今、ルピタを仕留めるのは容易《たやす》い。彼女に憑いた悪魔が、まだ彼女の肉体という檻《おり》のなかに囚《とら》われている今なら。

しかし、それではルピタを殺してしまうことになる。

「！」

ルピタの攻撃は容赦がなかった。手の鉤爪《かぎづめ》で私をえぐり、鋭い蹴りで私を破壊しようとした。

防戦一方では、埒《らち》が明かない。私は外套のなかからダガーナイフを抜き出し、順手に持って逆襲した。

耳障りな金切り声をあげて、ルピタが飛びかかってくる。

すれ違いざま、ナイフを一閃《いっせん》させた。

ルピタの白いブラウス――今では茶色に薄汚れ、やはり硫黄の悪臭を放っている――が、はじけるように裂けた。

私は瞠目《どうもく》した。

剝き出しになった彼女の巨大な胸は、羽毛にびっしりと覆われていた。

私とルピタは、男の死体をはさんで対峙した。

彼女は私に向かってなにか言ったが、悪魔の言葉は人間の声帯では上手く発音できず、まったく意味をなさなかった。

あるいは、逆だったのかもしれない。人間の言葉が、悪魔によって、理解不可能な唸り声にねじ曲げられているのか。

それでも、私には彼女の言わんとすることが分かった。

殺して。

私には、ルピタがそう言ったように聞こえた。

殺して。

彼女は言葉ではなく、目でそう言っていた。悪魔憑きの徴候に侵食されながらも、ルピタの緑色の瞳は、深い悲しみをたたえていた。

その瞳がまたギュッとすぼまり、ルピタが飛びかかってくる。

「アグリ！」

私は相棒を開き、襲い来る悪魔にかざした。

「しょうがないなあ……」

アグリは文句を言いつつも、やるべきことをやった。すなわち、口を大きく開け、青白い火焔を吐き出したのだ。

「ギ――――ッ！」

耳をつんざく悲鳴は、まるで鳥類の断末魔のようだった。

一瞬にして、ルピタの体が炎に包まれた。たちまちブラウスが焼け、スカートが焼け、下着が焼けて灰になった。

と同時に、彼女を蝕《むしば》んでいた悪魔憑きの徴候が、すうっと消えた。

私は外套を脱ぎ、気を失ってくずおれるルピタを包み込んだ。

このようなときに備えて、私の外套は耐火性の裏地を使っている。アグリの炎が赤いときは、どんなものでも焼き尽くされてしまうが、青白いときは、私の外套で充分に消火できる。

アグリの炎が消えたルピタの裸体は、多少の火傷はあるものの、おおむね無傷と言っていい状態だった。

バイタルサインも安定している。

気を失っているルピタを、私は抱き上げた。そのせいで両手がふさがってしまったので、アグリは彼女の胸の上に置くしかない。

すると、アグリが真っ赤になって、モジモジした。それをごまかそうとするかのように、矢継早に訊いてきた。

——どこで祓うの？

——もう通報されてるよね？

——あいつ、鳥みたいだったね？

——ユマはどこで悪魔憑きがルピタかもしれないって分かったの？

すっかり破壊された部屋を出て、階段へと向かいながら、私は手短に答えた。ルピタを抱いた私が廊下に現れると、いくつもの部屋から突き出されていた不安顔がさっとひっ込み、ドアがバタンと閉められた。

——屋敷でやろうと思います。

——警察のほうは、なんとかなるでしょう。

——ええ、私も鳥類を連想しました。

最後の質問だけ、少し考え込んでしまった。

最初に違和感を覚えたのは、初めてシオリに引き合わされたときだった。

あのとき、ルピタとシオリは激しくやり合っていた。なのに二人とも、カメラマンの要求に応じて、カメラ目線を送ったのだ。

そこに私は、なんとなく予定調和めいたものを感じた。

シオリが舞台監督に怒るのも、気難しいアーティストの演出の一部なのではないかという気がしたのだ。

さらに、彼女が使った「パルティ」というスラング。

私をボディガードにするとルピタに告げられたとき、シオリはこう言った。


パルティ……どうせ、あんたがボスよ。


パルティ――それは自由都市サン・ハドクのエル・トレセというスラムでだけ使われている、ギャングたちの隠語だ。

公式発表では、シオリはこの国に密入国しようとして、両親を監視マニピュレイテッドに殺された。それから彼女は自国へ強制送還され、その後、サン・ハドクの医者夫婦に養子に迎えられた。

どう考えても、彼女の人生に「パルティ」というスラングが入り込む余地はない。つまり、エル・トレセとの接点が見当たらないのだ。

三つめは、ルピタの言葉からだった。

トレス・デセオス通りの〈ディープ・ブルー・シー〉という酒場で、シオリが歌ったときのことだ。

あのとき、ルピタはこう言った。

――子供の頃、テレビでエスペランサ歌劇場のコンサートを観ました。わたくしとシオリは、一瞬で心を奪われました。華やかな世界、まばゆいスポットライト、スタンディングオベーション……あの場所に立てるなら、どんなことでもしようと二人で誓いました。

もしシオリがこの国の出身ではないのなら、子供の頃にルピタと一緒にテレビなど観られるはずがない。

そして、決定的なのは、シオリがマニピュレイテッドだったという事実である。ホルヘ・アコスタが考えたように、もし悪魔が音楽にも憑くのだとしたら、たとえシオリがマニピュレイテッドだとしても、悪魔は彼女の魂ではなく、その声に堕落の兆しを聞き取ったのかもしれない――私はそのように考えた。もしくは、声こそ彼女の魂だと決めつけたのかもしれない。

しかし、悪魔がマニピュレイテッドに憑いたなどという前例は、いまだかつてない。たしかに、何事にも始まりはある。だから、マニピュレイテッドに憑こうと決めた悪魔だっているかもしれない。

それでも、私はアグリの言ったことを無視できなかった。我が相棒は、こう言った。

——なんでボクたちがマニーを堕落させなきゃならないのさ？　……言っとくけど、悪魔が恨んでるのは人間であって、マニーじゃないからね。

ルピタを車の後部座席に横たえたとき、遠くから近づいてくるサイレンが聞こえた。

「ルピタが悪魔憑きだと、百パーセントの確信があったわけではありません」運転席に入り、エンジンをかけながら、私はアグリの最後の質問に答えた。「いろいろ考えて、可能性の高いほうに賭けてみたまでです」

「ちぇっ」アグリが舌打ちをした。「なんともマニーらしい、つまんない答えだなあ」

「…………」

「『オレだって魂を持ってないのに、あんな歌が上手いだけの小娘が魂を持っててたまるかぁ！』くらいのこと言ってみろってんだ」

私はボンネットが無残にへこんだジャガーを出し、家路を急いだ。

11

詩人、かく語りき

目を覚ましたルピタは、自分がどこにいて、なにをしているのか、まったく分からないようだった。

私は彼女を、屋敷の地下室――かつてデズモンド・ロリンズが敵を拷問したり、殺したり、または悪魔憑きを疑われた人間を解剖するのに使用していた地下牢だ――へ運び込んでいた。

ルピタを寝かせたベッドのまわりには、魔法陣が描かれている。言うまでもなく、彼女のなかから悪魔を追い出すための魔法陣である。

「これは……」

ベッドの上に半身を起こした彼女は、私のワイシャツを着せられ、デズモンド・ロリンズの半ズボンを穿《は》かされていることに、戸惑っていた。

もしも往年のように、この地下室の石壁に多種多様の拷問器具がズラリとかけられていたら、彼女はもっと戸惑っていたことだろう。

当時の名残りと言えば、石造りの床や壁に染みついた、どんなに洗っても落ちない色《いろ》褪《あ》せた血痕だけだった。

「わたくしは、なぜここに……」鉄格子のはめられた天井灯を、彼女はぼんやりと見上げた。「これは、あなたが着せてくれたのですか？」

「なにも憶えていないのですか？」

ルピタは真剣な表情で考えたが、すぐにあきらめて首をふった。

「これから、あなたに憑いた悪魔を追い出します」私は言った。

「！」

「あなたが知っておかなければならないのは、この儀式は常に危険がつきまとうということです。成功しても、失敗しても、あなたは命を落とすことになるかもしれません。私はあなたに、儀式を行う許可を求めているのではありません。あなたが悪魔に憑かれている以上、私には儀式を執り行う義務があります。私はそのようにプログラミングされているからです」

「わたくしに……」彼女は唾を呑み、かすれた声を押し出した。「悪魔が憑いていたのは……わたくしのほうだったのですか？」

「はい」

「でも、わたくしはシオリの部屋で骨を見つけました！」

「その経緯は、私には分かりません。ただ、人間をたぶらかすために、そういう悪戯を仕掛ける悪魔は珍しくありません」

「じゃあ……あの骨は、わたくしが……？」

「それは、私には分かりかねます」

「…………！」

骨の出処《でどころ》は、もはや推測の域を出ることはない。ルピタが誰かを殺し、その死体から取ったのかもしれない。私にはあずかり知らない方法で、入手したのかもしれない。

この期におよんでは、それはもう問題ではない。

骨のことは捨て置き、私は自分の推理を彼女に話して聞かせた。シオリの気難しさから私が受けた予定調和的な印象、「パルティ」というスラングがシオリの口をついて出たときのこと――

「それに」と、私は続けた。「シオリさんが逃げ込んだトレス・デセオス通りの〈ディープ・ブルー・シー〉をあなたが突き止めたとき、あなたも電話の相手に『パルティ』と言っていました。憶えていますか？　あなたはこう言いました。『蛇の道は蛇よ……デビューする前、シオリはこの辺で歌ってたの』と」

ルピタは黙って私の話を聞いていた。

「マニピュレイテッドであるシオリさんに、両親がいるはずがありません。つまり、彼女の両親が密入国者で、監視マニピュレイテッドに殺されたというのは、嘘です」

ルピタの体が強張《こわば》る。

「社会にマニピュレイテッドが増えて、真っ先に生活が苦しくなるのは、低所得者たちです。マニピュレイテッドは、誰もやりたがらない仕事……キツくて、汚くて、そして見返りの少ない仕事を、文句ひとつ言わずにやりますから。人とマニピュレイテッドが平等に暮らせる自由都市サン・ハドクにスラムがたくさん存在するのは、当たり前です。それだけ、マニピュレイテッドに仕事を奪われた人が多いということです。当然、スラムの住人はマニピュレイテッドを憎んでいます。しかし、私たちの社会はもうマニピュレイテッドなしでは成り立ちません。それは、スラムでも同じです。掃除、洗濯、炊事、子守り、なんでもマニピュレイテッドがやってくれます。他人がマニピュレイテッドを使って楽をしているなら、自分もそうしたい。そのように思うのが人間です……私の考えはこうです」言葉を切る。「あなたとシオリさんは、エル・トレセにいた。他のスラムと同じように、あのスラムでもギャングたちがマニピュレイテッドをさらってきて、改造して使っているのは周知の事実です。おそらくシオリさんも、そのようにしてさらわれてきたマニピュレイテッドではないですか？」

　ルピタは打ちひしがれ、じっと自分の手を見つめていた。

「ルピタさん……儀式を始める前に、私に言っておきたいことはありますか？」

　夢から覚めるような、短い間があった。ルピタは顔を上げ、緑色の瞳を決意に染めて、頷いた。

それから、シオリとの物語を語った——

あなたのおっしゃるとおりです、ユマさん……シオリはわたくしの保母でした。

わたくしが四歳のとき、母親が死にました。母は、エル・トレセの男たち相手に、売春をしていました。死んだのは、客に刺されたからです。

父は酒浸りで、わたくしの面倒を見られる状態ではありませんでした。あのままだと、わたくしも死んでいたと思います。

エル・トレセは山の斜面に広がるスラムです。貧しい人々の吹き溜まりでした。ギャングもたくさんいました。いろんな組織に所属している、いろんなギャングたちが。彼らはスラムのなかに、それぞれの縄張りを持っていました。

あの頃、うちの区画を縄張りにしていたのは、道化師《エル・パヤソ》という組織でした。

そのエル・パヤソに、エドゥアルドという名のギャングがいたんです。みんなには、エドゥアルドを縮めて、ラロと呼ばれていました。

ラロは十七歳くらいで、無鉄砲な人でした。いつも拳銃を持ち歩いていました。噂では、九歳のときから、エル・パヤソの殺し屋をしていたそうです。

わたくしの母親を刺し殺したのは、ラロの兄貴分でした。そのせいか、ラロはわたくしのことを気にかけてくれました。

食べ物を持ってきてくれたり、スラムのなかにある映画館に、アニメ映画を観に連れていってくれました。可愛《かわい》らしい動物たちが、歌のオーディションを受ける映画でした。映画館といっても、ただのプレハブ小屋なのですが……。

とても楽しかった。なんというか……いつか、わたくしもあのアニメに出てくる動物たちみたいに、キラキラ輝けるかもしれないと思いました。

わたくしはうれしくて、しばらくボーッとしていました。気がつけば、映画のなかで使われていた歌を口ずさんでいました。

ある日、ラロがマニピュレイテッドを一体、持ってきてくれました。ユマさん、あなたのおっしゃるとおり、どこかから盗んできたのだと思います。製造番号は削り取った、とラロは笑いながら言いました。今日から、このマニーがお前の面倒を見てくれっからな。

「それだけじゃねェぞ、ルピタ、このマニーには〈シング・トゥ・ミー〉をインストールしておいたんだ……だって、お前、歌が好きだろ？」

それが、わたくしとシオリの出会いでした。

マニピュレイテッドの深層学習《ディープラーニング》機能は、そのマニピュレイテッドが使われている環境に適応するように設計されています。

わたくしとシオリはスラムで暮らしていたので、シオリも自然とスラムの流儀を身につけていきました。

シオリがあんなに気難しくて、癇癪持ちのようにふるまっているのは、そのためなんです。スラムでは、怒るときには怒らなければ、すぐ他人につけ込まれますから。もちろん、感情的に見えるマニピュレイテッドの言動は、あくまで深層学習の成果です。それでもわたくしには、それは感情と呼んでもいいように思えるんです。

もうひとつ、シオリの深層学習機能がよく反応した分野があります。

そう、歌です。

わたくしが歌が好きだったので、彼女はわたくしをよろこばせるために、いろんな歌を学習しました。〈シング・トゥ・ミー〉は、そのためのアプリです。

それだけでなく、シオリは心地よい歌声や、歌い方も身につけていきました。それは、他のマニピュレイテッドにはできないことでした。

わたくしは、彼女の歌を聴きながら、成長しました。

やがて、わたくしはシオリと同じくらいの年頃になり、それから彼女を追い抜いていきました。マニピュレイテッドは年を取りませんから……

わたくしは、スラムで育った女として、当然の道を歩みました。十歳で煙草を吸い、十二歳で酒を覚え、十四歳の頃には麻薬漬けになりました。あとは体を売って、母親と同じような人生を辿るのだと思っていました。

だけど、またラロが助けてくれたんです。わたくしとシオリに、エル・トレセを出ろと言ってくれたんです。

「これ以上、こんなところにいちゃいけねェ。いいか、ルピタ、シオリ……お前たちはいいコンビだ。ルピタは頭がいい。シオリには歌がある。お前たちが組めば、歌でてっぺんを狙えるぜ」

ラロはわたくしたちを、知り合いの音楽プロデューサーに紹介してくれました。その男は、ラロから麻薬を買ったり、娼婦を紹介してもらったりしていたんです。

けっきょく、そのプロデューサーは麻薬のやりすぎで死んでしまいましたが、死ぬ前にシオリの歌を今のプロダクション、ロス・ティグレス・エンターテインメント社の社長に聴かせていたんです。

シオリの声が金になると気づいた社長は、どうやったらシオリを売り出せるか、作戦を立てました。

その作戦が、シオリをマニピュレイテッド差別主義者の歌姫に仕立てることだったんです。

会社側は、シオリの歌の購買層を、低所得層に定めたんです。ご存じのように、低所得層にはマニピュレイテッド差別主義者が多いので……そのようにして、シオリの両親が監視マニピュレイテッドに殺されたという筋書きが出来ました。

会社の目論見《もくろみ》は、当たりました。

シオリはデビューして、すぐに売れました。

わたくしは有頂天でした。もう貧しい暮らしを……二度と、あんなみじめな思いをしなくていいと思いました。

でも、シオリはそうではなかったんです。エル・トレセに帰りたがっていました。もし自分の歌に人を救う力があるとしたら、それはあのスラムでこそもっとも必要とされる……そんなことを言っていました。

とくに、ラロが殺されてからは……ラロはスラムの溝のなかで死んでいました。胸を撃たれていたと聞いています。

誰がやったのかは、分かりません。永遠に分からないでしょう。エル・トレセでは、ギャングたちの死は日常茶飯事でしたから。彼らはちっぽけな縄張りのために、殺し合いをしていました。それに、ギャングが一人死んだくらいでは、警察も動きませんし。

それからです、シオリがふさぎ込むようになったのは。

マニピュレイテッドがふさぎ込むなんて……そんなこと、あるわけがないのは分かっています。それでも、シオリの様子を見ていると、わたくしにはふさぎ込んでいるとしか思えなくて……

エスペランサ歌劇場の舞台に立つのは、わたくしたちの夢でした。でも、今なら分かります。それはわたくしの夢であって、シオリの夢ではなかったのかもしれません。

　わたくしは自分の夢を、シオリに押しつけていたのかもしれません。

　私は質問をしようと口を開きかけたが、ルピタの話はまだ終わっていなかった。

「『ブラック・フラワーズ』を売るために、会社が仕掛けました」彼女は顔を伏せた。

「『ブラック・フラワーズ』を聴いた人がマニピュレイテッドを殺せば、歌が売れると判断したんです……シオリの生い立ちは、もうみんな知っているわけですから」

「会社がつくった、嘘の生い立ちですね」

「ええ、嘘の生い立ちです」

「そして、ロス・ティグレス・エンターテインメント社は経営状況が芳《かんば》しくない」

「非常に芳しくありません」

「それで、歌にサブリミナルを仕込んだのですね？　公式配信版にではなく、おそらくは期間限定のシークレット試聴版に」

　顔を伏せたまま、ルピタが頷いた。

「気に入ったね」私にだけ聞こえるように、アグリがささやいた。「ガッツのある会社じゃん？　つぶしちゃうのは惜しいね」

「違法なのは、承知しています」ルピタは認めた。「しかし、会社も赤字経営が続いてて、必死だったんです」

「それで、次の手段に出たわけですか……」

私はリハーサル中に照明器具が落下した件と、マニピュレイテッド差別派に押し入られた件を問いただそうとしたが、思い直して、やめた。それがルピタの仕込んだことでないのなら問題はないし、たとえルピタが仕込んだことだったとしても、もはや大事の前の小事で、やはり問題ではないからだ。

しかし、これだけは訊いておかねばならない。「昼間に私とシオリさんが襲われたのも、あなたの差し金ですか？」

「……シオリは襲われる必要がありました」

「どういうことでしょうか？」

「シオリの歌は本物です」その声は、消え入りそうだった。「彼女の声は、多くの人の心に届きます……長い目で見れば、マニピュレイテッド差別主義者というレッテルは、彼女にとってマイナスになります」

「なるほど。シオリさんがマニピュレイテッド差別主義者に襲われれば、マニピュレイテッド擁護派も彼女の歌の購買層となりえる……というわけですね」

「誰も傷つけないように、何度も釘を刺したんです！」ルピタが声を張りあげた。「でも、あの人たちは……あの人たちは、筋金入りの差別主義者でした。シオリがあなたをボディガードにしたことに、腹を立てていたんです。でも、電磁弾を使うなんて！　信じてもらえないかもしれないけど、シオリがあんなことになってわたくしは……自分がなにをしたのか、ぼんやりとしか思い出せません。彼らに会いに出かけたのは、憶えています。でも、あとのことは……気がついたら、ここにいました」

私がなにも言わなかったので、ルピタの顔はいっそう不安にかき曇った。

私には、彼女を非難するつもりなど、毛頭ない。メモリに蓄積された情報の整理に、集中していただけである。

ロス・ティグレス・エンターテインメント社は危機的な経営状況にあった。そこで、会社の稼ぎ頭であるシオリの新曲を売るために、まさに虎《ティグレ》のような非人道的な計画を立てた。

シークレット試聴版のサブリミナルによって、マニピュレイテッドが六体破壊された。このおかげで、マニピュレイテッド差別主義者たちはこぞって公式配信版を買い求めた。彼会社にとって幸運だったのは、ホルヘ・アコスタのような男が現れたことだった。彼がシオリを銃撃してくれたおかげで、『ブラック・フラワーズ』はさらにスキャンダラスになり、さらに売れた。

この勢いに乗って、ロス・ティグレス・エンターテインメント社は、シオリのエスペランサ歌劇場公演に打って出た。

そう、社運を懸けて。

しかし、会社にとって誤算だったのは、シオリのマネージャーに悪魔が取り憑いたことだ。どんな悪魔なのかはこれから明らかになるが、その悪魔の悪魔的な悪戯で、ルピタはシオリに悪魔が取り憑いていると信じ込んだ。シオリの部屋で見つけた、ちっぽけな骨片のせいで。

「シオリがあんなことになったのは……わたくしのせいです」

私は彼女に目を向けた。

「悪魔に魅入られていたのは……」ルピタの頰を、涙が濡らしていた。「わたくしのほうだったのですね」

私のメモリのなかで、なにかがカチリと音を立てて、しかるべき場所にハマッた。

「わたくしは、会社の犯罪に加担して、取り返しのつかないことをしてしまいました……そのせいで、シオリが……大事な人が死にかけています。ユマさん……わたくしはどうなってもかまいません。でも、シオリだけは……シオリだけは……どうか、お願い」

ああ、そういうことだったのか！

詩は、いつも私を混乱させる。そこにあるのは論理ではなく、剝き出しの感情だけだ。

しかも、詩の厄介なところは、それだけではない。不思議なことに、私のイメージセンサーは折に触れ、私には到底理解できない詩に立ち返ってゆく。

私の息子が烈火の中にいるというのに、私の救済など何の意味があるというのか？

詩人が言っていたのは、こういう感覚のことだったのか。もしも「私の息子」が「愛する者」を指し示す隠喩《メタファー》なのだとしたら、それを「シオリ」に置き換えても、なんら矛盾はない。

「ユマさん……」

「はい」

「わたくしは……わたくしは、本質的に悪なのでしょうか？」

「…………」

「成功を夢見るあまり……スラムから抜け出すことばかり考えるあまり、わたくしはシオリを犠牲にしてしまいました」言葉を切る。「わたくしは、大切なものを、どこかでなくしてしまった……悪魔はそこに目をつけたのですか？」

「あなたの本質がどうなのか、私には分かりかねます」

ルピタの顔が崩れ、目に涙が膨らむ。

「しかし、一人の人間のなかには、たくさんの善と悪が共存しているのだと思います」

「……ユマさん」

「そして、悪人よりも、善人に憑くほうを好む悪魔はたくさんいます。なぜなら、悪人を堕落させるよりも、善人を堕落させたほうが悪魔にとっては愉快だからです」

我が相棒アグリのように、という一言は、もちろん言わなかった。

「これから、あなたに憑いた悪魔を祓います」ルピタに巣食う悪魔を睨みつけながら、私は宣言した。「これは、あなたの生命を保障できるものではありません」

ルピタは泣き腫らした目で私を見つめ、そして――力強く、頷いた。

12 ラ・ムヘル・カリニョーサ

ルピタが苦しみだしたのは、悪魔祓いを始めてから、二時間ほどが経った頃だった。

「汝の名は何ぞや？」

私はベッドに横たわったルピタに——彼女のなかの悪魔に、問い続けた。体を拘束するなどという無駄なことはしない。いかに非力な悪魔だろうと、人間の拘束具ごときではものの役に立たない。まるでスパゲッティのように引きちぎってしまうだろう。

もともと白かったルピタの顔は今や蒼白《そうはく》で、顎から頬にかけて、黒い葉脈のような血管が浮き出ていた。

「答えよ」根気よく尋ねながら、デビルズ・カットを彼女の額にふりかける。「汝の名は何ぞや？」

「これに……これに、なんの意味があるんですか？」荒い呼吸の合間に、ルピタが訊いた。

「悪魔を祓うには、悪魔の名を特定せねばなりません」私は答えた。「悪魔があなたの肉体にしがみついているうちに名前が分かれば、あなたへのダメージが小さくて済みます」

「もし……もし、分からなかったら？」

「悪魔をあなたから引き剝がしてから、私が新たに名付けます」

「その場合、わたくしは――」ルピタが顔にかかった髪をふり払うと、その目はすでに白濁していた。「**その場合、お前はただじゃ済まないよ**」

「！」

「お前のことは知っておるぞ、ユマ・ロリンズ」ルピタがゲラゲラ笑った。笑いすぎて、寝たままの体が、魚のようにバタバタ跳ねたほどだった。「我が主《あるじ》、我が王、唯一無二《エル・ディアブロ》の悪魔のことをこそこそ嗅ぎまわっているロボットだな？」

その声は、もはやルピタの声ではなかった。獣の唸り声のように低く、蠅の翅音のような耳障りな響きがあった。

吐く息が、硫黄のように熱い。

「汝の名は何ぞや？」

返事代わりにこれでも食らえ、と言わんばかりに、ルピタは――ルピタに憑いた悪魔は、私の手からデビルズ・カットをひったくろうとした。

「それを寄こせ！」

「あははは」アグリが笑った。「レイモンドのやつ、どうやら今度は偽物を摑まされなかったみたいだね」

ルピタが私に、紫色の嘔吐物を吐きかける。彼女は高笑いしたが、悪魔祓いではよくあることなので、私は驚かなかった。

「ぜんまい仕掛けのロボットめ……」その双眸は怒りで赤く染まり、瞳孔が猫のようにすぼまる。「エル・ディアブロがロボットと取り引きなどすると思うか？　愚か者め！」

「知ったかぶりすんな、バーカ」アグリが応じた。「どうせお前だって、ルキフェルに会ったことないんだろ」

「お前はアグリッパ――」

「ボクのことはどうでもいいんだよ。今はお前の話をしてんだから。いいか、賭けてもいいけど、このままユマが悪魔を殺し続けていけば、いつかルキフェルのほうから接触してくるよ」

「お前は悪魔のくせにエル・ディアブロを――」

「まあ、ルキフェルのやつは下手打って地獄の鎖につながれちゃってるから、自分で接触してくることはまずないだろうけどさ」

「エル・ディアブロはそんな鎖など――」

「つまり、手下を使って接触してくるってことさ。だけど、その手下ってのは、お前じゃないね。ああ、違うとも」

「それはどういう意味――」

「だけど、その前に、ボクとユマのほうからルキフェルに会いに行っちゃうかもよ。お前みたいな雑魚じゃなくて、ルキフェルのことを知ってるやつをぶっ倒して、そいつに道案内させてやる」

「なに、雑魚だと――」

「エル・ディアブロ？　ハッ、笑わせてもらっちゃ困るな！」アグリが私に目配せをする（アグリに目があるとしてだが）。その目が、そろそろだよ、と言っていた。「ルキフエルが唯一無二の悪魔なら、このボクだってエル・ディアブロを名乗る資格はあると思うけどねえ！」


ガアアアアアアア！


ルピタが牙を剥いて、飛びかかってくる。ついに堪忍袋の緒が切れたのだ。

アグリが充分に挑発してくれたので、悪魔は我を忘れていた。アグリを引き裂くことしか頭になかった。

その手がアグリに触れた瞬間、バチッ！　と放電して撥《は》ね返された。

「ハインリヒ・コルネリウス・アグリッパ・フォン・ネッテスハイムが唯一無二の悪魔により賜りし書の名において」私はアグリをかざした。「エル・ディアブロ・ブエノ《良き悪魔よ》、テ・ルエゴ・ケ・メ・ギエ・アオラ・イ・シエンプレ《私をお導きください》！」

ゴォオオオオオン……

地獄の鐘の音が谺した。

ベッドを取り囲んでいた魔法陣が、銀色に発光する。まるで鍵穴に挿し込まれた鍵のように、魔法陣がカチリと回転した。

「おのれぇ……」ベッドの上で、ルピタが仁王立ちになった。「ロボットめ……なにをした？」

魔法陣が少しずつ狭まる。

「マス・ペケーニョ《もっと小さく》……マス・ペケーニョ、エル・ディアブロ・ブエノ！」

狭まる魔法陣は、回転しながらベッドに這い上がり、ルピタを取り囲む。悪魔が怯えた奇声をあげ、頭をかきむしった。

「よせ……やめろ、ロリンズ！　この女を殺すぞ！」

「マス・ペケーニョ！」

魔法陣は高速で回転しながら、ルピタの胸に向かって収斂《しゅうれん》していく。

「ギャアアアアア！」

悪魔の悲鳴が残響となり、輝く魔法陣が小さな円となって、ルピタの胸に吸い込まれていった。

ベッドに仰向けに倒れたルピタの体が、まるで内側から突き上げられたかのように、大きく跳ね上がる。

それきり、地下室に静寂が戻ってきた。

注意深く周囲に目を配りながら、私は胸のホルスターから拳銃を抜き取った。

「これを使いなよ、ユマ」そう言って、アグリは口からペッと銃弾をひとつ吐き出した。「初めて一発だけ作ってみたんだ」

「なんですか、これは？」

「これまでにボクが食べた悪魔の牙や爪から作った弾さ」

「これで悪魔を殺せるのですね？」

「ボクが知るわけないじゃん！」

「…………」

「初めて作ったって言ったろ？」アグリがうんざりしたように言った。「イヤなら使うな」

私は頷き、その銃弾をポケットにしまった。

石壁にこびりついたシミ、ベッドの下、床に落ちた私自身の影、天井の片隅にへばりついているヤモリ——悪魔はどこにでも隠れていられる。

「やつが現れたら、とっとと名前をつけて殺しちゃおうぜ」

「分かってます」

「あのスニーズのときみたいに、相手がくしゃみするのをボサッと待ってんなよ」

「くしゃみするあいだくらい、待ってやってもいいような気がしたんです」

「それで腕をもがれてちゃ、世話ないよ」

が、私はまたしても、同じ失敗を繰り返してしまった。

油断していたのかもしれない。悪魔はもう、ルピタの体から出ていったのだと。

地下室を見まわす私の背後で、ルピタがムックリと上体を起こしたことに、私は迂闊にも気がつかなかった。

そして、気がついたときには、もう遅かった。

「！」

大きく開いたルピタの口から、大音量の超音波が放たれた。

ケェ————ッ！

その衝撃波で私は吹き飛び、石壁に叩きつけられ、悪いことに、聴覚センサーを破壊されたのである。

音の消え失せた世界のなかで、アグリがなにかわめいていた。

ルピタの口がまた開かれる。

「！」

私はふたたび吹き飛ばされたが、今度は体に切り傷までついた。どうやら、今度の悪魔は、音を刃物のように使うことができるようだ。

床に投げ出された拳銃をひったくると、私はルピタに狙いをつけた。

アグリがわめく。

「！」

引き金を引くことが、できなかった。照星の先のルピタは、正気に戻っていた。なにが起こっているのか分からずに、ベッドの上で狼狽している。

アグリの表紙がバタバタめくれ、その真っ赤な口がパクパク動いていた。そんなのは悪魔の常套手段だ、正気に見えてもルピタのなかには悪魔がいるんだぞ、とでも毒づいていたのかもしれない。

私が躊躇《ちゅうちょ》しているうちに、ルピタの瞳孔がギュッとすぼまり、その口から第三波が発せられた。

「！」

私は空き缶のように、吹き飛んだ。

体勢を整える暇もなく、今度はベッドとはまったく違う方向から、槍《やり》のような音波に突き刺された。

イメージセンサーの処理速度を超える攻撃の速さに、私はなすすべもなく翻弄されていた。キョロキョロと辺りを見まわすことしかできない。

業《ごう》を煮やしたアグリが跳び上がり、私の目の前でパッと開く。そのページには「ヤモリ」と書かれていた。

「…………?」

私の理解の悪さに、アグリは明らかに腹を立てていた。私を罵倒し――私には罵倒しているように見えた――、天井のヤモリに向かって炎を吐いた。

ちっぽけなヤモリは、敏捷《びんしょう》だった。火焔を逃れ、石の割れ目に隠れてしまった。

アグリのページに、新しいメッセージが現れる。〈あいつは声と一体だ!〉

「!?」

状況を理解する前に、ルピタがまた声を発する。彼女が口を開いたとたん、私は腹を突き上げられ、天井に叩きつけられていた。

落下しながら、ルピタの体に吸い込まれていく黒い靄《もや》のようなものが見えた。着地と同時に視覚センサーの解像度を上げ、メモリに残された映像をウルトラスロー再生する。

「………⁉」

ルピタの口から飛び出しているのは、声だけではなかった。

ウルトラスローでさえ速すぎて認識しづらいが、ルピタが吼えるのと同時に、地下室を巨大な影が飛びまわっていた。

ようやく私は、アグリの言わんとすることを理解した。おそらく、この悪魔は声に乗って宿主から飛び出し、他の宿主へと乗り移ることができるのだ。

それを証明するかのように、また明後日の方角から打ち倒される。そちらへ目を走らせると、やはりあのすばしっこいヤモリがいた。

アグリが、ヤモリに向かって口を開く。

「やめてください！」自分の声すら聞こえないが、私はとにかく叫んだ。「ヤモリを殺さないでください！」

アグリの裏表紙が激しくバタついた。

「ヤモリに敵を誘い込むんです！」

ベッドの上のルピタが腹を抱えて笑った。なにか言ったが、聴覚センサーを壊された私には、なにも聞こえない。

それから、敵の猛攻撃が始まった。

ルピタの口から飛び出しては、私を切りつけて、ヤモリのなかへ逃げ込む。またすぐさまヤモリから飛び出しては、私を切りつけて、ルピタのなかへ帰っていく。

両方向からの攻撃の間隔は、およそ〇・四五秒だった。つまり、ほとんど同時に、まるきり違う方向から攻撃を受けていると言ってもいい。

攻撃のカラクリは理解したものの、だからといって、このスピードには手も足も出なかった。

私は少しずつ削られていった。

右から打たれ、左から突き刺され、前から殴られ、うしろから切りつけられた。

アグリがなにかわめいていたが、なにも聞こえない。バッテリーが損傷したのだろう、電力帯《パワーレンジ》の目盛りがぐんぐん下がっていく。

四方八方から、上下左右からの攻撃に、身を守るすべすらなかった。音もなく服が切り裂かれ、体に傷が走り、耳を削《そ》ぎ落とされ、とうとう右目の視覚センサーまで破壊されてしまった。

だから、拳銃をいつ手放してしまったのかも、定かではない。

気がつけば、ベッドから降りたルピタが、私のリボルバーを構えていた。

「⁉」

それからルピタがやったことは、きっと私が溶鉱炉に送られるその日まで、私のメモリに残り続けるだろう。

彼女は私に向かって吼えながら、同時に拳銃を撃った。

銃声は聞こえないが、引き金を引くときに腕が跳ね上がるので、ルピタが拳銃を撃っているのだと分かった。

悪魔が自分の体内から飛び出し、また戻ってくるまでの〇・四五秒のあいだに、ルピタは黒い靄に向かって発砲した。叫びながら銃を乱射しているのと、ほとんど変わらなかった。

彼女は私に向かって悪魔を吐き出しながら、同時にその悪魔をリボルバーで仕留めようとした。

悪魔にいたぶられながら、リボルバーを握り締めたルピタの腕が跳ね上がるのを、私は茫然《ぼうぜん》と数えていた。

二発。

三発。

四発。

五発。

リボルバーの六発の銃弾は、今にも撃ち尽くされようとしていた。

依然として、悪魔の勢いは衰えない。

もはや万事休すかと思ったときだった。ルピタがにっこり微笑んだ。ノイズが走る私の目には、そのように映った。そして、口から悪魔を吐き出す前に、こう言った。

「シオリ……愛してる」

私は彼女の声を、耳ではなく目で見た。シオリ、愛してる。ルピタはたしかにそう言った。

「！」

悪魔に吹き飛ばされた私は、かろうじて作動している左目で、いくつかのことを同時に認めた。

黒い靄を吐き出した直後、ルピタは最後の一発を撃った。が、銃弾は悪魔に向けて放たれたわけではなかった。

彼女の手が持ち上がり、銃口を自分のこめかみに押し当て、澄んだ目で私に微笑みかけたまま、なんの迷いもなく——静かに、引き金を引いた。

「⁉」

まるで見えない巨大な拳骨に殴られたかのように、ルピタが吹き飛んだ。

が、くずおれる彼女に目を奪われている場合ではなかった。

耳は聞こえなくとも、熱を感知する体内サーモセンサーはまだ生きている。背後で放たれた異常な熱量が、私をふり向かせた。

アグリが真っ赤な炎を吐き出していた。

「!?」

火焔は渦を巻きながら、石の天井いっぱいに広がっていく。

さんざん火を吐き散らしたあとで、アグリは私に向かって体を広げた。

〈ヤモリを殺したよ！〉

たしかにあの炎なら、どんな小さな隙間に隠れていようとも、あのすばしっこいヤモリに逃げ場はなかっただろう。

なるほど。

私は死んでしまったルピタから拳銃を取り上げ、見開いた彼女の目を閉じてやった。

「安らかに眠れ……ラ・ムヘル・カリニョーサ《愛情深き女よ》」

それから、弾倉《ドラム》をふり出し、空の薬莢《やっきょう》を捨てた。

ポケットから最後の銃弾を取り出してこめる。アグリが悪魔の牙と爪から削り出した弾丸を。

ドラムをふって銃身に収めると、ふり返って悪魔と対峙した。

宿主を失った悪魔は、途方に暮れたように、右往左往していた。

髪を長く伸ばした顔だけは人間のものだが、乳房の脇から羽毛にびっしりと覆われ、両腕はなく、かわりに鳥の翼があった。足にも、猛禽《もうきん》類のような鉤爪がついていた。

その姿は、かつて美しい歌声で船乗りたちをたぶらかし、船を難破させ、船乗りたちを取って食っていた悪魔を、私に思い起こさせた。

悪魔が邪悪な顔つきで——邪悪でない悪魔になど、お目にかかったことはないが——、なにか言った。

十中八九、私をロボット呼ばわりして侮辱したのだろう。幸いなことに、私にはなにも聞こえなかった。音のない世界は、これはこれで悪くない。少なくとも、悪口は聞こえない。

すべてが静寂のなかで行われた。

「心して、聞け」私は言った。「汝の名は、セイレーンである」

アグリの真っ赤な口が、ニヤリと笑った。

セイレーンが目と牙を剝いて、飛びかかってくる。

私はあまり狙いもつけずに、撃った。

放たれた悪魔弾（そんなものがあるとしてだが）は、プツリとセイレーンの胸に突き刺さった。ちょうど、針が刺さったような具合に。

セイレーンは、蚊に刺されたほどにも感じなかったようだ。翼を広げて、私を包み込もうとした。

私は動かなかった。

セイレーンの口角が吊り上がった次の瞬間、

ドンッ！

やつの上体が爆発した。

「！」

我が相棒が、うれしそうに表紙をバタつかせた。ざまあみろ、と言っているのかもしれない。悪魔弾をなめんなよ、と。私が彼を広げたときには、すでに舌なめずりをしながら、涎《よだれ》をダラダラ流していた。

セイレーンは、状況がまるで理解できていないようだった。胸の真ん中にポッカリと開いた穴を見下ろし、私を見上げ、途方に暮れ、それから崩れ落ちた。

じっと見ていると、死にかけているセイレーンの喉がグッと盛り上がり、血まみれの口からなにか吐き出した。

「……⋯⋯？」

拾い上げてみると、それは一粒の青いダイヤモンドだった。

虫の息のセイレーンを見下ろす。その口が、薄く動いた。笑っているようにも見えたが、私の聴覚センサーは相変わらず音を失ったままだった。

それよりも、アグリだった。

我が相棒は、まるで鎖につながれた猛犬のように、私の手のなかで暴れていた。早く食事にありつきたくて、たまらないのだ。

アグリを解き放つ前に、私はセイレーンに向き直った。

「我が黒き聖書の血肉となれ」

悪魔の死肉にかぶりつく黒き聖書を後目《しりめ》に、私は倒れて動かないルピタを見やった。

——シオリ……愛してる。

そして、自死とは魂の告白なのではないだろうか、などと考えた。

13 新しい夜明け

レイモンド・ホーにとっては、近年まれに見る忙しい夜となった。

夜明け前に工房に到着した私は、作業台の上に横たわる、傷ひとつないシオリに気づいた。

どうやら、レイモンドは存分に腕をふるったようだ。しかしそれでも、焼けただれた人工皮膚をすっかり元どおりに貼り替えることはできなかった。

新しい人工皮膚をつけたシオリの顔は、人間で言えば、十歳ほど齢《よわい》を重ねたように見受けられた。三十代半ばに見えるが、それでも充分に美しく、おだやかな落ち着きを備えていた。

新しいシオリは静かに目を閉じていたが、眠っているのでもなければ、節電モードになっているわけでもない。

胸の真ん中にある起動スイッチのパイロットランプは消えており、それは彼女に電源が入っていないことを意味していた。

レイモンドはといえば、ソファにひっくり返っていた。鼾《いびき》をかいているように見えた（レイモンドの鼾は騒音レベルなのだ）。ソファの横に投げ出されたゴム製の前掛けには、シオリの赤い循環液が乾いてこびりついていた。

私は彼を揺り起こした。

レイモンドは寝返りを打って逃れようとしたが、私としても緊急事態なので、不本意ながら彼の眠りを妨げざるを得なかった。

「レイモンド……起きてください、レイモンド」

レイモンドはうるさそうに顔をしかめたが、とうとう寝ぼけまなこを開けた。ぼんやりと私を見上げ、眉間にしわを寄せてなにか言った。

「すみません」私は自分の耳を指さした。「聞こえないんです」

レイモンドはしばらく天井を見上げ、それから難儀そうに起き上がった。彼は足を引きずって倉庫へ消え、しばらくして箱をふたつ持って出てきた。

言うまでもなく、聴覚センサーと、視覚センサーのスペアだ。

レイモンドはコーヒーサーバーからマグカップにコーヒーを注ぎ、それをゆっくりと飲みながら、眠気を散らした。なにか言ったが、今度は口の動きから、アグリのことを尋ねているのだと分かった。

「満腹になって、私の懐で寝ています」

レイモンドが頷いた。

コーヒーを飲み干すと、彼はまず新品の聴覚センサーを箱から取り出した。

昔、デズモンド・ロリンズが言っていたことを思い出す。長い旅から帰ってくると、あんなにくすんで見えた自分の街が、なんだかまぶしく見えるよ。聴覚センサーを取り換えてもらい、また音のある世界へと戻ってきた私の感想も、そのようなものである。

新しい夜明けを告げる雄鶏《おんどり》の声、遠くを走り過ぎる車の音、梢を渡る風、テレビから流れる朝のニュース――すべての物音が、なんだか新鮮な響きを伴っていた。

私の右目をいじりながら、レイモンドが訊いた。「じゃあ、ルピタの死体はどうしたんだ？」

「焼却炉で燃や――」

「おい！」レイモンドの手が止まった。「そういうことをするなって、オレはいつも――」

「――燃やそうと思いましたが、やめました。ちゃんと葬儀社に連絡して、引き取ってもらいましたよ」

レイモンドが、疑わしげに目をすがめた。無理もない。デズモンド・ロリンズの屋敷には、裏の商売の必要上、死体を処理できる強力な焼却炉があることを知っているのだ。

「前に死人を焼却したとき、あなたに怒られましたね」私は言った。「正直、死んだ人間は壊れたマニピュレイテッドと同じだと思いますが」

「人間ってのは、死を受け入れるのに時間がかかるもんなんだ」私の目の修理を再開しながら、レイモンドが言った。「もしその時間がなきゃ、オレたちは自分が本当に悲しんでるかどうか、分かんなくなっちまうんだよ」

「だから、私も人間の真似《まね》をしてみました……そのうち、なにか分かるようになるかもしれませんし」

それから、私とレイモンドはしばし無言になった。レイモンドは真剣な顔つきで、私の右目に新しい視覚センサーを埋め込み、私はこれまでずっとそうしてきたように、魂のことを考えた。

詩にも、歌にも、愛にも、魂は一枚嚙んでいる。もしかすると、悪魔たちはこうしたものを、欲望や憎しみにすり替えようとしているのかもしれない。

だから、魂を取り引きの材料に指定する。

だとするなら、詩も、歌も、愛も、じつのところ、欲望や憎しみと表裏一体なのではないだろうか？

ハッキリしたことは、なにも分からなかった。

それでも、私は考え続ける。なぜなら、私の深層学習《ディープラーニング》機能には、そのようなプログラムが書き込まれているからだ。

私は考える。詩や、歌や、愛と同じように、考えるという行為にも、魂が関わっているといいのだが。

「シオリのことだがな……」レイモンドが切り出した。「やっぱり、イメージセンサーを取り換えなきゃならなかった」

それがなにを意味するのか、私たちはよく知っていた。

新しいイメージセンサーの反応は、良好だった。

シオリ自体はまだ目を閉じたまま、作業台に横たわっていたが、彼女の起動スイッチのＬＥＤランプは力強くともっていた。

イメージセンサーとケーブルでつながれている外部コンピュータ画面に、おびただしいマトリックスが流れていく。

コンピュータが指示を必要とするときには、私が〈YES〉や〈CONTINUE〉のボタンをタッチした。

そのようにして、二時間ほどを初期化に費やしたのだが、とうとう最後の質問をコンピュータがしてきた。

〈外部プラットホームからメモリをダウンロードしますか？〉

私はほんの一瞬だけ、躊躇した。

〈NO〉をタッチすれば、シオリはまっさらなマニピュレイテッドとして生まれ変わる。

〈YES〉をタッチすれば、シオリが最後に外部プラットホームに保存したメモリが、彼女のなかに流れ込む。

私には、どちらをタッチするべきか、判断がつかなかった。

彼女がどの時点のメモリを外部プラットホームに保存したか――あるいは、保存しなかったか――誰にも分からない。

もし〈YES〉をタッチすれば、彼女は残酷な現実と向き合うことになるだろう。ルピタの死という現実と。

だとしたら、いっそのこと古い記憶など捨てて、新しく生まれ変わったほうがいいのではないか。過去や、あの歌声と決別して。

「早く〈YES〉を押しなよ」アグリが急《せ》かした。「ケッケッケッ！　友達を失ったマニーがどうなるか見てみようぜ」

アグリがそう言ったせいで、私は〈NO〉をタッチするのが、あらゆる意味で正しいような気がした。

なんだかんだ言ったところで、アグリだって悪魔なのだ。マニピュレイテッドの幸福を考えて、〈YES〉を勧めているわけではあるまい。

レイモンドを見やると、彼は肩をすくめただけだった。

〈NO〉に手を伸ばしかけたとき、私のなかでまたルピタの声が聞こえた。


——シオリ……愛してる。


「…………」

「どうしたのさ、ユマ？　さっさと〈YES〉を押しなって！」

私は逡巡《しゅんじゅん》し、けっきょくはアグリの言うとおり、〈YES〉をタッチしたのだった。

即座にコンピュータが反応し、メモリのダウンロードの進捗《しんちょく》状況を示すインジケーターが画面に現れた。

やはり、〈NO〉を選ぶべきだったのかもしれない。

しかし私はシオリに、ルピタのことを憶えておいてもらいたいと思った。合理的な説明など、できないけれど。

「レイモンド」私は呼びかけた。「私は〈NO〉を選ぼうと思っていたんです。ひょっとすると、私のイメージセンサーも、どこか損傷しているかもしれません」

アグリが邪悪な声を立てて笑った。

「それでいいんじゃねェかな」レイモンドが私の肩をポンッと叩いた。「そういう傷から、魂ってもんが垣間見《かいまみ》えることもあるからよ」

私には、よく分からなかった。

ただ、コンピュータ画面のインジケーターがゆっくりと満ちていくのを、飽くことなく見つめていた。

14 さよならの

勤め人にとって、会社が倒産することは、世界の終わりに等しいのかもしれない。

少なくとも、ロス・ティグレス・エンターテインメント社の社員たちにとっては、そうだった。

エスペランサ歌劇場でのシオリのコンサートが中止になったせいで、会社の株が暴落した。

それだけではない。

金儲けのために曲にサブリミナルを仕込み、あまつさえ人を雇ってシオリを襲わせたことが発覚して、社長をはじめ、幹部連中が逮捕された。

言うまでもなく、その情報をサン・ハドク自由警察に流したのは、私である。

デズモンド・ロリンズの時代を懐かしむファン・カルロス・マルチネス署長は、もたもたしてはいなかった。彼は自ら陣頭指揮を執り、芸能界の病巣を手際よく切り取り、警察の威信を大いに高めた。

ロス・ティグレス・エンターテインメント社が倒産したというニュースを、私はエル・トレセへと向かう車のなかで聞いた。

助手席のシオリにもラジオのニュースは聞こえているはずだが、彼女はあまり注意を払わなかった。

流れゆく乾いた風景を、ぼんやりと眺めていた。

外部プラットホームに保存していたメモリは、彼女が歌手としてデビューを果たした直後のものだった。

おそらく、その頃にはもう、所属事務所に対して不信感を募らせていたのだろう。


レイモンド・ホーの工房で目覚めたとき、シオリが最初に会いたがったのは、ルピタではなかった。

作業台に横たわったまま、彼女はしばらく天井を見上げていた。それから、ゆっくりと上体を起こした。

シオリはまずレイモンドに目を向け、次に私を見た。

「あなたたちは……？」

「あんた、交通事故に遭ったんだよ」レイモンドが言った。マニピュレイテッドは嘘がつけないので、こういうことは人間に言ってもらうしかない。「ここはオレの工房だよ
……なにも憶えてないのかい？」

「交通事故……？」

シオリはそのことが理解できないようだった。どこでもないどこかを見つめ、長いこと沈黙していた。

「わたし、エル・トレセに帰らなくっちゃ」

作業台を降りようとする彼女を、私は引き止めた。「その体では、まだ無理です……エル・トレセになにか用があるのですか?」

「ラロが……エドゥアルドが死んだんです」

私とレイモンドは、顔を見合わせた。

「差し支えなければ、あんたのことを話してくれるかい?」と、レイモンドがやさしく促した。「そのラロってのは、誰なんだい?」

シオリは少し迷ってから、静かに語り始めたのだった。

「わたしは、保母マニピュレイテッドでした。ご主人様は厳しい方で……わたしは失敗ばかりしていました。だから、ご主人様は、わたしを廃棄処分にすると決めました」

「…………」

「それを、ラロが助けてくれたんです。廃棄処分にされる日、わたしは一人で、わたしを回収にやって来る廃棄業者のトラックを待っていました。空は灰色で、雨が降っていました……そのとき、何気なく口ずさんだ歌が、ラロの耳に届いたんです。『そんな歌、もう歌うなよ』彼はそう言いました。『こっちまで泣きたくなるぜ』と」

シオリが最後に外部プラットホームにメモリを上書きしたのは、そう、エル・トレセのギャング、エドゥアルドが死んだときだったのだ。

「ラロは、わたしにルピタの面倒を見るように言いました。ルピタは身寄りもなく、とても不幸せそうな女の子でした」シオリはおだやかに言葉を継いだ。「わたしは彼に必要とされているのがうれしくて……だから、ルピタをラロだと思って、一生懸命、面倒を見ました。歌うときは、ラロのことを考えていました。すると、胸が……」彼女は裸の胸に掌《てのひら》をあてがった。「温かくなるような気がしました……あの、ルピタは？　わたし、ルピタと連絡を取らなくっちゃ」

「！」

「ルピタさんは……」私は言った。「残念ながら、お亡くなりになりました」

「ひどい事故だったんだ」と、レイモンド。「あんたもイメージセンサーが壊れてた」

「ルピタは……ルピタはどういう状態だったのでしょうか？」

「オレはあんたが外部プラットホームに保存してあったメモリを、あんたにインストールし直しただけだ」レイモンドが申し訳なさそうに首をふった。「あんたが憶えてないのなら、オレにも分からないよ」

「そうですか……」

「お亡くなりになる前に……」うな垂れているシオリに、私は声をかけた。「ルピタさんはおっしゃっていました」

シオリが顔を上げる。

私は、ルピタが自分の頭を撃ち抜く前に言ったことを、そのまま彼女に伝えた。

シオリは悲しそうに、少し微笑んだだけだった。

私たちの車は市街地を抜けて、しばらく荒涼とした風景のなかを行った。抜けるような青空の下、ユッカの樹や、ウチワサボテンや、石ころしかない荒野の一本道をひた走った。

「エル・トレセに戻ってどうするおつもりですか？」ステアリングをさばきながら、私は尋ねた。「もう知ってる方もいらっしゃらないでしょう？」

シオリは窓の外に顔を向けたまま、なにも言わなかった。ルーフを開けてオープントップにしているので、熱風が彼女の長い髪をなびかせていた。

前方の道を、牛の大群が横切っていく。牛飼いの少年は一番うしろにいて、牛たちがみんな道路を渡ってから、私に向かって帽子を持ち上げた。

私は頷き、アクセルペダルに足を乗せ替えた。

「わたし、夢があるんです」出し抜けに、シオリが言った。「エル・トレセで、合唱団を創りたいんです」

「そうですか」

「わたしに得意なことがあるとすれば、歌うことだけなんです……だから、エル・トレセで合唱団を創って、貧しい子供たちが悪い道に逸れないように、見守っていたいんです」

いつだったか、ルピタとシオリが言い合いをしていたときのことを、私は思い出した。

連日のリハーサルで、シオリは気が立っていた。彼女が舞台監督を叱り飛ばしたとき、ルピタがこう言ってたしなめた。

——もう少し大人になって、シオリ。もうすぐ、わたくしたちの夢が叶うのよ。満員のエスペランサ歌劇場、割れんばかりの歓声、あなたの歌に心を救われる人たち……それは、あなた一人の力では叶えられないの。

それに対して、シオリはこう言い返した。

——それはあたしの夢じゃない……あたしの夢は、もっと小さくて、手で触れることができるものよ。

彼女が言っていたのは、スラムで合唱団を創ることだったのだ。

「あなたなら、できますよ」私は請け合った。

「そう思いますか?」

「はい」

今の彼女ならできる。彼女の新しい顔を見て、かつての歌姫だと気づく者はいないだろう。その顔に満ちているのは、悲しみと慈愛にとてもよく似たものだった。

やがて、山の斜面にへばりつくようにして広がる、エル・トレセが見えてきた。午後の陽射しのなかで、スラムはまどろんでいるように見える。いくつかの煙突から、幾筋かの炊煙が立ちのぼっていた。

「ここでいいです」

「送りますよ」

「こんなすごい車でエル・トレセに行ったら、ただじゃ済みませんよ」

「…………」

彼女の言うとおりかもしれない。

私は車――黒のランボルギーニ・アヴェンタドール――を、路肩に寄せて停めた。

「いろいろ、お世話になりました」

車を降りる前に、彼女は私の頰に軽く口づけをした。

マニピュレイテッド同士でそのようなことをするのは違和感があったが、それが彼女の深層学習《ディープラーニング》の結果なら、それはそれでかまわなかった。

風が吹き、彼女の白いワンピースをはためかせる。

私は思い立って、その背中に声をかけた。

シオリがふり返る。

「なにを歌っていたんですか?」私は尋ねた。「あなたが初めてラロと会った日のことですが」

彼女は不思議そうに私を見つめ、不意に表情を和ませた。次の瞬間、私はもう彼女の歌声に包まれていた。

涙はどんなかたちだろう
色褪せた夜の下
仰ぎ見た夏の月
想いはどんな音色だろう
木漏れ日の帰り道
泳ぎ去った言葉たち

さよなら　さよならの
ふりむきもせず
さよなら　さよならの
笑いながら口ずさんだ
さよならのラブソング

「なんか、いいね」アグリが私の懐からもぞもぞと這い出して、助手席に跳び下りた。

「これはこれで、って意味だけどさ」

「そうですね」

「でも、これじゃ人を堕落させらんないね」

たしかに、シオリの声からは鋭さのようなものが——険のようなものが、抜け落ちていた。いや、「抜け落ちた」と言うのは正しくない。再インストールした彼女のメモリは、彼女がその鋭さや険を身につける以前のものなのだから。

つまり、これが、ありのままのシオリだ。

あなたはどんな姿だろう

見晴るかす青い空
沈みゆくこの心

さよなら　さよならの
ふりむきもせず
さよなら　さよならの
笑いながら口ずさんだ
さよならのラブソング

彼女は熱い風に吹かれながら歌い、それから、にっこり微笑《わら》った。

エピローグ

魔鬼の涙

ルイ一四世は、稀代《きたい》の宝石の蒐集家だった。家臣をムガール帝国へ遣《や》り、宝石をどっさりヴェルサイユに持ち帰らせた。

そのなかに、七粒の美しいブルー・ダイヤモンドがあった。

その青いダイヤの出処には、諸説ある。

インドの農夫が隠し持っていたものを、フランス王の家臣が殺して奪い取ったと言う者もいる。

ある豪商が七人の娘の婚礼のために準備していたものを、騙し取ったのだと言う者もいる。

しかし、一番有力なのは、とある古刹《こさつ》に祀られていたナーガラッサ——すなわち、蛇の悪魔——から盗んだとする説だ。

ナーガラッサの頭部は、七匹の蛇《ナーガ》から成る。ナーガは守護と破壊の力を持つ。その七匹のナーガたちに、ひとつずつ青いダイヤモンドがはめ込まれていた。目や額に、首や尾の先に、口にくわえている守護蛇（もしくは、破壊蛇）もいた。

真相は永遠に謎だが、謎と言えば、この七粒の宝石を手にした者たちが、次々に不幸に見舞われたことだ。

まず、フランス王のために宝石を手に入れた司令官が自殺する。そして、その宝石をフランスへ運んでいた船長は、航海中に水夫に殺された。

七粒のブルー・ダイヤモンドの持ち主となった太陽王ルイ一四世は壊疽《えそ》で死に、宝石を継承したルイ一六世、およびその妻のマリー・アントワネットは、フランス革命時にギロチンにかけられた。

マリー・アントワネットの首を刎《は》ねた刑吏は、彼女が断頭台で死を迎えたときも、青いダイヤモンドを握り締めていたと証言したとか……しないとか。

いずれにせよ、フランス革命が終結した時点で、七粒のダイヤモンドのうち六粒が紛失し、残った一粒は宝物館に展示されたが、それも一七九二年に盗難に遭う。

次にブルー・ダイヤモンドが悪魔史に登場するのは、オランダだ。

ある日、アムステルダムの宝石職人、ウィルヘルム・ファルスのところへ青いダイヤモンドが持ち込まれた。持ち込んだ男は、帽子を目深に被り、顔を包帯で覆っていた。

一粒のダイヤモンドを二、三個に小さくカットしてほしいと言う。

が、ファルスの息子がダイヤモンドの怪しい美しさに魅せられ、これを盗み出してしまう。そのせいでファルスは責任を感じて自殺、父親の死に責任を感じた息子も、後追い自殺を遂げる。

息子が宝石店で首を吊った日、顔を包帯で覆った男が店から出てくる姿が目撃されている。その男の目は、まるで蛇の目のようだったと、目撃者の女性（姓名不詳）は語っている。

ロンドンでも、同様のことが起こる。宝石商ダニエル・エリアゾンのところへ、宿無しが青いダイヤモンドを持ち込む。エリアゾンはそのダイヤを買い取り、銀行家のヘンリー・フィリップ・ホープに転売する。一八五一年にホープがその宝石をロンドン万博に出展したため、それがルイ一四世の持ち物だったあの七粒のうちの一粒だと判明した。ホープは孤独死し、宝石は人手から人手へと渡り歩いたが、やがてムーラン・ルージュの踊り子の胸を飾ることとなる。彼女のパトロンだった、ロシア貴族からのプレゼントだ。しかし、その宝石を見た踊り子の情夫が嫉妬に狂い、彼女を刺殺。ロシア貴族も、その二日後に謎の死を迎えた。

トルコ王アブドル・ハミド二世も青いダイヤモンドを持っていたが、自家用車が崖から転落して死亡した。

アメリカの大富豪エドワード・ビール・マクリーンは青いダイヤを妻にプレゼントした。すると、たちまち息子が自動車事故で死に、娘も睡眠薬の過剰摂取で死亡、マクリーン自身はそのせいでノイローゼになり、やはり死亡した——以上が、アグリに書き込まれている、ブルー・ダイヤモンドに関する記述である。

「つまり」と、助手席のアグリ。「お前はあのブルー・ダイヤモンドが、七粒のうちのひとつだと思ってるんだね？」

ステアリングをさばきながら、私は質問に質問で返した。「あなたはそう思わないいんですか？」

「いや、ボクもそう思う。じゃなきゃ〈セイレーン〉のページに書き込まれた『2／7カンダード』の意味が分かんないもんね」

「南京錠《カンダード》……」私はほとんど自分自身に言い聞かせていた。「もしかすると、七粒のブルー・ダイヤモンドをすべて集めたら、南京錠を開けることができるという意味なのではないでしょうか？」

「お前の考えてることは分かるよ」アグリが鼻で嗤《わら》った。「だけど、あんまり期待しないほうがいいよ。その南京錠は、ルキフェルの鎖にかかってるやつじゃないかも」

「導きの悪魔にかかっている南京錠かもしれません」

「まあ、セイレーンが吐き出したやつだからね……阿呆なティーンエイジャーの、阿呆な日記帳とかにかかってるやつじゃないことだけはたしかだね」

「もうこの近くのはずですが」私は車のスピードを落とし、通りに沿って並ぶ商店から目的の店を探そうとした。「ナビはどうなってますか？」

「その先を右折して、シエテ・ミステリオス通りに入って」

私はそうした。

私たちが目指す骨董屋は、七不思議《シエテ・ミステリオス》通りのなかほどから、さらに奥へ入った横丁の突き当たりにあった。

私はアストンマーティンDB5――一九六三年製造のスポーツカーで、映画のなかでジェームズ・ボンドが乗っていたものを、いまさら言うまでもなく、デズモンド・ロリンズが金に飽かせて買い求めた――を、店の前に停めた。

アグリを懐にしまいながら、車を降りる。

小さな木の扉があり、その横のガラス窓の奥に、(私にはガラクタとしか思えない)骨董品が乱雑に積み上げられていた。

「期待薄だね」

「とにかく、一軒一軒当たってみましょう」

扉を押し開けると、扉についているカウベルがカランコロンと鳴った。

「…………」

私の嗅覚センサーは、仄暗い店内にうっすら漂っているのが、ただの香の煙だということを示していた。

さほど広くない店のなかは、外観から予想していたとおり、乱雑の極みだった。奥のカウンターへと伸びる細い通路は、体を横にしないと、とおれそうにない。通路の両側は、古い品物や、もっと古い品物や、話にならないくらい古い品物であふれ返っている。

まるで時間が止まってしまったような空間のなかで、壁にかかった柱時計の振り子だけが、静かに動いていた。

「すみません」店の奥にいる人の気配に向かって、私は声をかけた。「こちらで古い宝石の鑑定もしているとうかがってやって来たのですが」

「いらっしゃい」骨董品にさえぎられて姿の見えない店主が応じた。深く、重みのある声だった。年季の入った、マホガニーのような。「申し訳ないが、こちらへ持ってきてもらえんかね」

私は狭い通路をとおり、どうにかカウンターまで辿り着いた。

「…………!」

カウンターのなかにいた老人は、つばのあるフェルト帽を被っていた。まるで、これから外出の予定でもあるかのように、仕立てのよいツイードのスーツを着ている。

もう秋の足音が聞こえるとはいえ、外気はまだ三十度近い。なのに、老人はまるで真冬のようなかっこうをしていた。

彼もまた苦行者なのかもしれないが、それだけではない。帽子の下の顔には、黄ばんだ包帯が巻かれていた。

「驚かせたようだね」包帯から覗いている両目を、老人は和ませた。「今年の夏は暑かったので、汗疹《あせも》にやられてしまって……お見苦しいだろうが、ご勘弁願いたい」

私は頷いた。

「で?」と、老人。「鑑定してもらいたい宝石というのは?」

私はベルベットの巾着袋に入れたブルー・ダイヤモンドを取り出すついでに、アグリも懐から解放してやった。

「これです」

そう言って、老店主の前に宝石を置く。

老人がハッと息を呑んだ。

無理もない。私のような若造が、こんな大きなブルー・ダイヤモンドをなぜ……と思ったのだろう。

老人は食い入るようにダイヤを見つめた。

かなり長いあいだ、そうしていた。壁の柱時計が、ボーン、ボーン、と刻《とき》を四つ打ったので、夕方の四時になったことが分かった。

「これは……どうしたのかね?」

「それは明かせませんが、この宝石の来歴を調べています」

「これは、魔鬼《まき》の涙だよ」うつむいたまま、老店主がかすれ声を絞り出した。「なぜ、お前がこんなものを持っている？」

低く、重い声に、蝿の翅音のような響きが加わる。

老店主は興奮のために、胸を大きく波打たせていた。

私とアグリは、顔を見合わせた。老店主の吐息に硫黄の臭いが紛れ込んだことに、私たちは気づいたのだ。

「やい、ジジィ」アグリが本のふりをやめて、喧嘩腰で啖呵《たんか》を切った。「もしそれと同じものを持ってんなら、さっさと出したほうが身のためだぞ」

年寄りの肩が小刻みに震えだす。

「クックックック……」忍び笑いが、包帯の下から漏れ聞こえた。「こんなところで再会できるとは思わなんだ」

「！」

包帯から覗いているその両目は、すでに蛇のように黄色く濁り、瞳孔がギュッとすぼまっていた。

「**そうか、お前がユマ・ロリンズか**」

牙を剝いて飛びかかってくる前に、老店主はそう言った。

集英社文庫

DEVIL'S《デビルズ》 DOOR《ドア》

2021年6月25日　第1刷　　定価はカバーに表示してあります。

著　者　東山彰良《ひがしやまあきら》

発行者　徳永　真

発行所　株式会社　集英社
東京都千代田区一ツ橋2-5-10　〒101-8050
電話　【編集部】03-3230-6095
【読者係】03-3230-6080
【販売部】03-3230-6393（書店専用）

印　刷　中央精版印刷株式会社　株式会社美松堂

製　本　中央精版印刷株式会社

フォーマットデザイン　アリヤマデザインストア　　マークデザイン　居山浩二

ISBN978-4-08-744262-5 C0193